我要从所有天空夺回你

韩浩月 ◎ 著

天津出版传媒集团

百花文艺出版社

图书在版编目（CIP）数据

我要从所有天空夺回你 / 韩浩月著. -- 天津：百
花文艺出版社, 2021.2 (2021.6 重印)
ISBN 978-7-5306-7946-3

Ⅰ.①我… Ⅱ.①韩… Ⅲ.①散文集–中国–当代
Ⅳ.①I267

中国版本图书馆 CIP 数据核字(2021)第 010570 号

我要从所有天空夺回你
WOYAOCONG SUOYOU TIANKONG DUOHUI NI

韩浩月　著

策划统筹：王　燕
责任编辑：徐　姗　装帧设计：郭亚红
出版发行：百花文艺出版社
地址：天津市和平区西康路 35 号　邮编：300051
电话传真：+86-22-23332651（发行部）
　　　　　+86-22-23332656（总编室）
　　　　　+86-22-23332478（邮购部）
网址：http://www.baihuawenyi.com
印刷：山东临沂新华印刷物流集团有限责任公司
开本：880 毫米×1230 毫米　1/32
字数：150 千字
印张：7.75
版次：2021 年 2 月第 1 版
印次：2021 年 6 月第 2 次印刷
定价：56.00元

如有印装质量问题,请与山东临沂新华印刷物流集团有限责
任公司联系调换
地址:山东省临沂市高新技术产业开发区新华路 1 号
电话:(0539)2925659
邮编:276017

目 录

第四辑　浪潮来临

我要从所有天空夺回你（自序）

　　为这本新书想名字，突然一个句子跃入脑海："我要从所有的天空夺回你。"很有意味，它来自茨维塔耶娃的诗，原诗是这样的："我要从所有的大地，所有的天空夺回你"，"我要从所有的时代，所有的黑夜夺回你"，"从所有的金色旗帜下，所有的宝剑下夺回你"……茨维塔耶娃的这首诗算是情诗，可以把情诗写得这么波澜壮阔，所以她才被那么多人喜欢。

　　天空意味着什么？泰戈尔《飞鸟集》中的散文诗《萤火虫》这样写过："天空没有翅膀的痕迹，而我已飞过。"这个闻名遐迩的句子，使得无数少年第一次对天空产生了文学层面的想象与理解。天空自然是寻找不到鸟儿翅膀飞过的痕迹的，但有飞机拖尾的曲线，有云朵移动的蠕痕，有流星划过的轨迹……总而言之都是瞬间消失的事物。天空的永恒，让试图在天空留下印痕的一切事物都显得浅显；而天空下的少年，往往对这些浅显的东西，表现出一副迷恋的样子。

　　我有点恐高，但却很喜欢顶端，爬山要爬到山顶去，住房子喜欢住高楼的顶楼，年轻时曾把县城里所有高楼的楼顶都巡视了一遍，工作后也常登上办公室所在大楼的顶层，这些举动都受一个潜意识的驱使——我想离天空近一些。有这个爱好的人，在登顶之后总是喜欢把手掌伸出去，想要触摸一下天空，可是天空是触碰不到的，只有微风从指间吹过。这样也很好了，风给指间留下的温柔触感，像是帮爱的人梳理秀发。

我想起十八九岁时的一天，在一个天高云淡的午后，我驾驶着摩托车飞速地行驶在乡村的公路上，在一个急转弯面前惊慌失措，速度把我带向了天空。摩托车在冲过一道土坎儿之后车头上扬，那个画面好像姜文的电影里有过表现，短暂的悬空之后摩托车重重地摔向沟底……

等我清醒之后，耳朵是细草的抚摸和小虫的好奇，还有远方的拖拉机在沉闷地吼叫。但印象最深的是，我看到了以往不曾看到过的天空，那片湛蓝比以往更蓝，那片清澈比以往更为清澈。天空不是老人，天空是个孩子，此刻它就好奇地俯视着躺在沟底的这个人。后来每每读到王尔德的名句"我们都生活在阴沟里，但仍有人仰望星空"，都会忍不住想到我躺在干涸的土沟里长时间观看天空赖着不起来的场景。

如果不是因为幸运，我那次奔向天空的意外"旅行"有可能永远不会结束了，但天空把我"返还"了回来，或者说，有股力量把我从天空夺了回来。那会是谁？除了大地不可能是别的。大地与天空在很多时候是竞争关系，大地时时刻刻都在用它的"大手"想要拉住那些腾空而起的人。大地让你老老实实地行走，干干脆脆地趴着，天空给你旷远、诗意、奔放，而大地给你粮食、草地与水源。我喜爱天空，但终归还是得在大地上行走、匍匐，鼻息间都是尘土的味道。

人在年龄小的时候，天空会经常参与到实际生活与思想活动中来，等成了大人，天空仿佛就消失了，不存在了。我在大城市生活的这二十年，就很少觉察到天空的存在，出门坐公交车，公交车是有盖子的；转乘地铁，地铁是在黑暗的地下运行的；进入写字楼，更是整个白天都见不到阳光。下班回家，暮色四合，想要行走在蓝白相间、柔软温暖的天空下,成为都市人的奢侈。

　　走路快的人,是不适合看天的,必须得是停留在原地不动,天空才属于你。黄永玉说"想我的时候,抬头看看天",真是一个好句子。看天时滋生的想念,是最朴素最真诚最久远的,所以说,这个老头儿才是最懂深情的人。

　　"我要从所有的天空夺回你",这句子里的"你"是个虚指,可以泛泛地理解成:"你"是一种正在扩散、变淡、消失的事物,而这种事物往往又是庞大、虚空、缥缈的。所以,"夺回"只是一个姿态、一种愿望,是强烈的情感的释放,是伸出又缩回来的手。这样一来,人会惆怅吧? 不意外,抬头看天的结果,往往最后要么是以甜蜜要么是以惆怅收尾的。

　　"我要从所有的天空夺回你",对于消失的故乡,还有那些在往事里走动的亲人,这句话用来表达一种想念,或也是合适的。

　　是为序。

第一辑

望故乡

回乡十日

在酒店房间里低下头看了一眼鞋子,鞋带的后面隐藏了不少的灰尘。应该解开它擦拭一下,但时间紧张,马上要赶赴下一个酒局,就算现在擦干净了,依然会一脚踏进尘土里,于是便算了。猪年春节回乡,穿着这双带着灰尘的皮鞋,马不停蹄地奔走了十天。

第一天

北京的早晨,六点半准时醒来,这是生物钟在提醒,平时这个时间,该叫醒女儿穿衣起床吃早餐上学了,但今天是回老家。

女儿九岁。出生在北京的她,经过这几年,已经对回老家的规律有了印象。她很愿意回老家,因为不仅可以与一堆孩子玩儿,还可以吃到吃不够的美食。"我有一颗山东人的胃",这句话我跟她说过,她记住了,也时不时地一说。

我的老家在山东郯城,是山东省最南边的一个县城,与江苏省接壤,地理上属于北方,但多少也有点南方气候的特征,比如冬天的路边和小区里,总能见到没被寒风冻死的树木绿植。

从北京到郯城,有三条高速公路可供选择,分别是京台高速、京沪高速、滨莱高速,我们最常走的是京台高速。离乡二十年,近十年来都是开车回去,直线距离710公里,往年要开十个小时以上的车,今年因为撤销省界收费站，以及修路禁止大货车上高速，速度变快了许多，仅仅八个小时就到家了。

在酒店住下，前台登记的小姑娘依然记得我们一家，我们去年春节就在这里住。她特意安排了酒店六层最靠里的房间，算是对"老客户"的照顾。她的好意的确是有一些用的，此后数天，酒店里经常从半夜喧闹到凌晨，走路声，吵闹声，敲门声，如果不是住得靠里一些，很难安稳地睡上几个小时。

酒店开在老电影院对面，旁边是县第二小学，最早的时候，这里是县城的中心地带。后来建设新城，这里依然是堵点，但已经没有往昔的繁华。选择住这里，纯粹是因为我的一个情结，少年时我有大量时间在这里晃荡，那个时候，电影院就是我县城生活的活动中心。

酒店在三年前是一个休闲中心，包含了一家新开的电影院和一个自助型的KTV。我带从二堂弟到六堂弟，以及四位妹婿、一个表弟在这里唱过歌，办了一张二百元的卡，唱歌喝酒一个晚上都没有花光。后来新电影院又去了更新的地方，KTV也倒闭了，于是便改建成了酒店。

从酒店的窗户向外望去，可以看到东边的大半个县城，当然，也可以看到二十年前的老电影院。"郯城县电影院"这六个曾经硕大的字，要仔细寻找才能看得到，已经被数块庞大的广告牌彻底淹没。

第二天

昨天回乡的高速路上，我坐副驾驶的时候，手机收到刘哥发来的微信，问"是不是今天回来？到哪里了？"如实回答之后，刘哥迅速敲定，回乡的第一顿酒由他来安排，为我接风洗尘。

刘哥是我在老家工作时就认识的文友，说来友情已经持续了二十五六年。这二十五六年来，回乡的第一顿酒，绝大多数是刘哥安排的。我们老家重视接风酒这件事，有一个原因是，通常第一顿酒能喝得更多一点，因为许久未见，因为高兴。如果放在第二场喝，往往因为第一场喝得太多，兴致就不会那么高了。

　　刘哥大我七八岁，但似乎从来都没有年龄的界限。我们的友情建立在酒桌上。当然还有一个放在以前不大好意思说出口的原因，我们的感情联系更多地通过文学。

　　刘哥把吃饭的地点安排在了北外环附近的羊肉馆。我们在郏城有一个文友群，他提前就约好了今晚能来喝酒的朋友，计有孟哥、管哥、杨哥、陈哥、国旗哥等，其中国旗哥是这次喝酒时论了年龄才改口的。此前我叫了他两年弟弟，为此还专门喝了一杯"改口"酒。

　　老家的饭菜在吃第一口的时候永远会让人有"热泪盈眶"的感觉，在羊肉馆里也是如此。吃一口菜，端一杯酒，眼和心都热了，通常这是喝醉的前奏。但因为这几位老兄年龄都比我大，酒量也不行了，我估量了一下，醉的可能性不大，就放心地喝了起来。

　　在老家喝酒，酒量再小，第一杯酒是要干掉的。正常的话，如果喝到第二杯说喝不动，也就不再像以前那样劝了。那晚我们喝到第三杯。第三杯的时候，我说："我给大家朗诵首诗吧，就朗诵前两天孟哥发在群里的那首诗。"大家便停了酒杯，看我从手机的聊天群里寻找那首诗。

　　"中年读诗"是我与北京几位朋友发起的一个活动。几个爱好写诗的人，聚会时读一读近期写的好诗，是个蛮好玩的事情，貌似还能抵抗一下"中年焦虑"。何尝不能把"中年读诗"带回老家？这是我在老家酒桌上第一次读诗，以往就算都是老家的文友聚会，也极少有人当众朗读的。

那天晚上,参加聚会的每一个人,都读了一首诗。北外环的大货车,时不时地轰鸣而过,羊肉馆里冒着蒸腾的热气,读诗的夜晚,不分大城与小城,都一样很美。

第三天

曾经和建军、峰峰、小强失联了几年。失联原因不明,但最大的可能是,那几年回乡待的时间实在太短,没机会聚在一起喝酒——当然,这也可能只是一个借口。

小强曾经在一次酒后打电话给我,大概也是因为春节回家没主动与他联系的缘故,对我发了脾气。当时我也心情不好,对他说了句:"你喝醉酒后别给我打电话。"从那之后,他果真就一个电话没打。

这个事情,想来错误还是在我。于是从前几年开始,每次回老家,我都主动联系建军、峰峰、小强。少年时最好的四个伙伴,一起见一面,喝一杯酒。每次都是我定好饭店的包间之后,逐一打电话给他们:几点,在哪个饭店,房间号是多少。他们到了之后的第一句话总是:"怎么今年又是你请呢?"我说:"我请怎么啦?不是应该的吗?"

小伙伴们对我有没有钱这件事并不关心,反正在他们看来,像我这样靠写字生存的人,是个挺神奇的存在。每次喝酒时建军都会说:"以前我们有了点钱,都拿去吃了喝了。你不一样,你去新华书店买书。"今年,他又把这话说了一遍。

今年、去年、前年、大前年……如果有视频记录的话,回放起来会很轻易地发现,这些年来我们总是在谈论已经谈论过无数次的话题,无非是当年和我们打架的青少年现在怎么样了,当年追过的女孩子们现在变成什么样的大妈了，还有一起在工厂工作过的谁谁谁已经不在了。

还是有变化的。变化在头发，每年的白头发都会多一些。变化在生活，建军在搞民间放贷，同样搞这项业务的已经有不少赔光了，他还依靠着少年时就有的聪明才智活得很好。峰峰从街道会计的岗位上离开了，去了一家公司。小强从部队退伍回来之后一直在交警队工作。生活里的大事件，是生了孩子，是送走老人，除了生死，县城里没有什么能撼动人心的大事件。

小强不喝酒，而且恋家，六点钟坐下，九点多就想要回家看刚两三岁的女儿了。那晚我们三个人，喝光了两瓶38度的白酒，没有人劝酒，就是忍不住想要把空了的杯子倒满。整个晚上讨论最热烈的话题，是下次喝酒到建军那里去，从他收藏的各种老酒中挑选出最珍贵的一瓶喝掉。建军说下次不来饭馆了，去家里喝。

第四天

同学老陆说约了几位中学同学，晚上一起吃饭，可一直等到下午五点的时候，都没接到他的电话。我以为他忙，忘记了。老陆是县城里一家房地产公司的老板，有着好几摊生意，忙起来昏天暗地也是正常的。正在暗自庆幸可以休息一晚不用喝酒的时候，女同学萍打来电话，问我怎么还没到？原来老陆和萍互相以为对方给我发了地址，结果都没发。

萍在电话里告诉我吃饭的地方，还用微信发来了定位，那是位于县城远郊的一个工地，老陆新开发的地产，他在工地餐厅里请大厨专门做了一桌丰盛的菜。

出租车司机按照定位走，在漆黑的郊外，找不到地方。老陆打电话说了半天，依然找不到，终于车开进了一片漫野都是塔吊的工地，看到了依稀亮光，才算找对了地方。我在电话里跟老陆开玩笑："'八项规定'难道也能管到你们这些企业家吗，怎么吃个饭都得遮遮掩掩跑荒郊野外。"老陆说："你不知道别乱讲，外面吃不到我请的厨师给你做的菜。"

进了房间，迎面看到一个身材威武的人坐在主宾的位置上，一眼认出来，是我中学的英语老师季老师。季老师当年英俊神武，是出名的帅哥，也是出名的暴脾气，许多学习不好的学生见了他都绕道走——我是其中之一。为了化解学生时期对英语老师的恐惧，快走几步到老师身边，以他来不及反应的速度拥抱了他，然后师生二人两目对视，久久不知道该说点啥才好。

晚上来的同学，除了老陆、萍、繁华、茜云之外，还有两位我叫不出名字的同学，我上中学到了初二的时候，因为我们初二(三)班的学生实在太过难管，被强行拆分，与学习整体较好的初二(四)班进行了半数的学生交换，所以我有两个初中班级的同学，也导致许多同学认不太熟，叫不出名字。

繁华兄年长我三四岁，大概是初二(四)班的班长，是女同学们喜欢的帅哥类型，是学校里的风云人物。他说："像你们这些比我小三四岁的，当年压根不想带你们玩儿。"我们说起了当年的很多趣事，比如语文老师王老师，因为喜欢给女生辅导作文，黄军服的背后被男生们甩了一溜的黑墨水；比如学生们冬天值班看守教室，把隔壁班的课桌椅偷来点着了取暖，险些把一排校舍烧掉……

彼此劝着不要喝多、喝醉，但还是喝了不少。中途的时候，我穿着单件的衬衣，没有披羽绒服，去外面洗把脸，刺骨的寒风吹在身上也不觉得冷,回到房间的时候,跟季老师说了一句话:"年龄再大,见到老师的时候,瞬间又变成了孩子。"大家又是一片唏嘘,纷纷干掉了一杯酒。

这已经是连续第四个晚上,喝掉近半斤的白酒,不能再这么喝了。但相比于前几年,已经轻松了不少。

第五天

成叔在从济宁回来的高速路上给我打电话,打了三十多遍没打通,然后他打了我六叔的电话,通了之后说的第一句话是:"浩月肯定把我的手机号拉黑了。"于是,在一个小时后他带着一身寒气走进酒店包间的时候,我们就我电话有没有拉黑的问题,讨论了半天。

我是把成叔号码拉黑了的。在上一天打电话约他吃饭的时候,忘记了往下拉一下看看,导致他想要联系我的时候,电话打不进来。"你怎么不发微信?"我问。他答:"微信哪有电话快?"

拉黑他的原因,是有一次他喝醉了酒,半夜的时候打电话给我,不但自己跟我说话,还转着圈让一桌和他喝酒的人跟我通话,每次通话莫名其妙的断掉之后,又会再一次打来。这么折腾几番之后,我快速决定把电话暂时拉黑。我试图用类似的办法来制造一点界限感,但对于老家的朋友来说,他们并不认可"界限"这种在城市里大家都默认的东西。

最后我诚恳地跟成叔说,那是有一次你喝多了频繁给我打电话,我拉黑后忘了把你放出来,我不仅拉黑过你,别的几个叔我也拉黑过。他哈哈大笑,不以为然。

对于要不要请成叔吃饭这件事,六叔有点儿犹豫。成叔是六叔的朋友，也是我少年时代的朋友。他们两个，年龄仅仅比我大五六岁而已，所以虽然有辈分在那里，但很多时候是像兄弟那样相处的。

对于成叔，六叔有一套他的说辞。他说他对成叔很好，管他酒肉，帮过他无数次，但成叔却总是说他的坏话。那天晚上成叔一整个晚上都在批评六叔，按照六叔的话说："说他的坏话。"六叔那晚有点儿郁闷，能看出来，他与成叔有点儿隔阂。

成叔对六叔说："我不管你怎么评价我，我也知道你不想理我，但这是你想不想理的事吗？你以前帮过我，是我唯一的朋友，所以现在不管你什么态度，我的态度不变。只要你做错事，见你一次就骂你一次，服不服都骂。"

在酒局结束之后，我邀请成叔去咖啡馆坐坐。

除了想要知道六叔尽力隐瞒不想让我知道的糗事之外，我想更多地了解一下他，写一写他的故事。他十七岁的时候与几个朋友打死了一个小偷，成为少年犯，被关进监狱，从无期改判为十五年，最后坐满了十二年牢出狱，最好的青春年华在监狱里度过。出狱之后，整个世界已经变了，我想知道那十二年牢狱以及出狱之后的这些年，他是怎么过来的。

尽管以前每年都见，但在长达十多年的时间里，我没机会听他讲自己的故事，这晚，在咖啡馆里，成叔整整讲了三四个小时。

这晚，没喝醉。

第六天

以往每年我生日的这天，都是二弟买生日蛋糕，他是记得我生日最清楚的兄弟，每年都会提前操办。我不喜过生日，但在二弟这些年的"培养"下,也习惯了在这天把整个大家庭的人聚齐。今年的聚会,人来得特别齐,大人小孩加在一起有三十多口人。城里能容纳二十人以上的包间都没有了,今年在城外河边新开的餐馆订了一个房间。夜晚的时候,饭馆挂上了红灯笼,远远看去,颇有年味。

订的房间可以坐二十六人,桌子已经够大,但显然还是不够用。还是依照往年的办法,先把蛋糕切了,分给孩子们。上菜的时候,大人聊天,孩子们先吃;吃饱了之后孩子们跑出去玩了,大人们再吃。

人多了容易闹矛盾,都是很小很小的矛盾,有的是在桌子上闹的,有的是在吃完饭后隔几天才闹的。往年这样的聚会结束后,总得花一些时间来解决发生在弟弟妹妹之间的一些小误会。但今年的聚会结束后,并没有任何冲突发生,看来是每个人都在成长,懂得包容,珍惜这难得的热闹和聚会了。

开始喝酒的时候,我和我的兄弟们挤坐在一起。两张椅子坐三个人,因为只有这样才坐得下,坐得亲近,说话与喝酒就更频繁了一些。我逐一给弟弟们敬酒,弟弟们反过来给我敬酒。和我喝完了,又纷纷和他们的大嫂喝酒、开玩笑,在还没喝醉的时候,我张罗小孩给拍照,兄弟几人留下了每年一张的聚会照片。

今年的照片,我自己看上去,不像是一群中年兄弟的聚会,倒像是一群长相显成熟的"老少年"的聚会。所谓"过年回家",不正是因为有了这些能喝到面红耳热的兄弟,有了这没法被时间与距离更改的亲情吗?

第七天

去看望孙叔和表姑,给他们送节礼,这是我每年看望各路亲戚时必不可少的。孙叔是我在镇政府工作时的领导，我年轻那会儿什么都不懂，他亦师亦友，教了我许多东西。孙叔已退休数年，年龄也逾七十。给他准备了北京的二锅头酒，旅行茶具，还有茶叶，没打电话就过去了。

到了孙叔搭建在田野路边的村屋时，发现那里已经是一片建筑垃圾，去年就说到的拆迁，今年已经完成了。打电话给孙叔，按照他的指引，到了村子口的一栋三层红砖楼房前，孙叔从房子里走出来，气色比去年要好一些。或与脚上的伤愈合有关，他身体显得比去年健康多了。

孙叔说他被拆迁的房子，补偿了十五万，但搬家到安置楼房里，需要交十七万。房子目前还没有开建，什么时候能搬新家，遥遥无期。现在住的房子，是租自己的侄儿的。三层红砖楼房虽然宏伟，但走进里面看，发现除了铺一层地板砖外，基本没有装修，房里烧着传统的炉火取暖，散发着淡淡的、熟悉的、呛人的煤灰味道。

与孙叔告别的时候，如往年一样约定，等夏天的时候，来找他喝酒，但每年夏天我都失约。明年夏天若是回老家，与孙叔的这顿酒要补上。

给表姑打电话，一直打不通，表姑父的电话也是。正在他家楼下守着的时候，表姑的电话打过来，说是在教会聚会，会堂里屏蔽了手机信号。表姑说："你不用来了，年年来送礼，你赚钱不容易，表姑过意不去。"我表姑和表姑父帮过我们整个大家庭一个大忙，不但帮着把户口从农村迁回了县城，还帮着给找房子、找工作。我小的时候，经常去表姑家吃饭，在镇里的工作，也是表姑父介绍过去的，这样的帮助，怎么会忘记呢。

一直到下午，等到了表姑回家，在家里坐了一会儿，聊了一会儿家常,在表姑准备去厨房做饭的时候,我走了。也是许多年说好了在她家里吃顿饭,但都没有吃成。表姑对此不满意,她还想像小时候那样给我做顿饭。

第八天

昨天三叔打电话来,问什么时候去大埠子上坟。定好的昨天下午去,三点的时候到。但三叔说大埠子下雨了,据说还有大雪。当时看了眼酒店窗外,天色有些阴沉,想想三十公里外的大埠子此刻下雨或下雪,就有些发愁,本来县城通往那里的道路很难走,雨雪天气过去会更加困难。三叔说,不要来了,路不好走,他感冒了,还要去挂水,挂完水得三四个小时,明天再来吧。

这是今年回乡过年最悠闲的一天,因为早早就定了去上坟,所以没有安排其他的见面与酒局,睡到十点起床之后,有时间做点自己的工作,喝一杯茶,发一会儿呆。

傍晚的时候,果然如三叔所说,大雪来了。是真正密集降落的大雪。先是雪的颗粒,后是牙签一样粗细的雪线,再后来就是鹅毛大雪了。酒店的楼顶,安装了探照灯,雪顺着探照灯的光线降落的时候,形状与轨迹都非常清晰,拿手机过去拍照,效果非常棒,每拍一张都是"大片"的感觉。

躺在床上,把房间的窗帘拉开了大约三十厘米的一条缝隙,枕在枕头上往外看。深棕色的窗帘之外,是一道亮光,亮光的背景,是雪天特有的阴沉的夜晚,雪花在亮光里飞舞……整体看上去,宛若窗帘背后有一台巨大的液晶电视,正在直播下雪的场景。就这么看着这个场景,看了近两个小时,已经有许多年,没在看雪这件事上花费这么多时间哩。心里特别安静，奔波多天积累下的疲累，也仿佛消失无踪。

这个晚上，忙着拍"老家下雪了"的照片发朋友圈，拍下雪的小视频发社交媒体，赚来了很多的点赞和评论。其中，发在社交媒体上的下雪视频招惹来了很多郯城老乡，其中竟然有一位留言说："我就住在你住的这家酒店的609房间。"我没有给他回复"我住603房间"，因为担心这么回复之后，他会立刻提一瓶酒过来找我喝一杯。

享受雪景的时候，内心还是有一点点担忧，担忧明天上坟的路怎么走。我离开大埠子超过三十五年，每年春节都回村上祖坟，给父亲上坟，一年都没有落下过。早些年是步行或骑自行车去，后来是骑摩托车去，租车去，再后来是开车去。从一个人去，到两个人去，到三个人去，再到四个人去，我的每一点变化，大埠子都知道。

有两条路都很难走，一条是从异乡回故乡的路，另外一条是从故乡县城通往我出生村庄的路。

第九天

夜里天气温度在零下，早晨太阳一出来就到了零上。昨晚的大雪没有结冰，留下了满地厚厚的一层雪渣，被车轮一碾，就化成雪水流到下水道去了。看见街道上有不少车在缓慢地开着，我放心了不少，下午去上坟，看来不会被耽误了。

临近告别返京的日子，安排更加繁忙。上午去岳父岳母家陪聊天，中午去妹妹家午饭，下午两点的时候出发去大埠子。在县城里去买纸钱的时候，媳妇说这次她去买，她觉得我买纸钱的时候有点儿抠门，每次买得不多，这次她要做主。她下车十几分钟后，拎来了硕大的一个黑色塑料袋子，里面除了两束鲜花外，还装满了大面额的冥币，金树银花、金条、金元宝之类的祭奠用品一应俱全，还说："给你爸买了部手机，苹果的。"女儿好奇地问，"iPhone 几？""iPhone X。"

三弟给了我一个定位，告诉我按照他那个路线走，可以避免走差路，但车子还是走到了一条大约一公里的正在修建的泥泞路段，在提心吊胆缓慢驶过这段路并且托了一次底之后，成功地开进了大埠子。和往年一样，三叔、三婶在家里包饺子、炒菜，准备去上坟。上年坟和别的时节上坟不一样，要有酒、有菜、有饺子，如果遇到结婚生子升学这样的喜事，还要放一挂鞭炮。

哪怕是上坟，也是有偏心的，这几乎是所有人都很默契的地方。在大埠子的西边，是一片祖坟，有六七座，三叔每次带我们去的时候，总是给他尊重的长辈多烧一些纸钱，关系远一些的长辈少烧一些。"意思意思就行了。"他总是这么说。

但每次上坟，我的父亲总是要独享所有祭品的一半，而且总是要把最好的留给他。这也算是乡土秩序与情感教育中的一种，人在生前的时候，要尽量去帮助别人，要取得好的口碑，这样的话在逝去之后，才会有更多的人怀念，私心里仍会更多地"照顾"你，哪怕只是一堆焚烧的纸钱，代表的也是人心的厚薄与情意的深浅。

九岁的女儿对给爷爷上坟这件事印象深刻，她似乎很愿意和我们一起去做这件事。以前年龄小，不带她去，她还表示了不满。用送纸钱、敬酒这样的方式，来表达对一个人的思念，在她看来或许不懂，但她对这个形式似乎有独特的认识。

坦白地说，在我年轻的时候，并不认同祭祖这件事有多重要，也是在三十五岁之后，才有了更多的思考和更心甘情愿的行动。我也并不完全赞同孩子们要用传统的方式来纪念长辈，只要他们心里记得就好，形式并不重要。但耳濡目染，孩子们长大后，依然会像我们这样，用乡土的方式来怀念他们的亲人吧。

儿子和女儿，把带来的两束鲜花，放在了他们的爷爷的坟头。如果没有意外，这是他们的爷爷去世三十多年后，第一次收到真正的鲜花。女儿说，把这些花插进泥土里，会开更长一段时间吗？我说，不用了，想开的话，这些花会自己扎根，明年春天自己开的。

第十天

本来可以再待一两天再离开的，但已经待了九个夜晚，每天吃饭、喝酒已经让身体疲劳到一个限度，再加上酒店内外环境嘈杂，没办法休息好，决定还是按照计划在这天返回北京。

回想过去的九天，之所以显得特别快，是因为整个人处在一个走马灯的状态，神经高度紧张。想了想，原因在于，无论见什么人，都要打起精神，以全新的面貌来面对亲人、朋友。

每天在走出酒店房间之前的最后一个动作，是洗脸，货真价实的洗脸。洗完脸之后镜子也不照一下，就一脚踏进故乡里，此时的故乡，是一个梦境，无比真实的梦境。在这个梦里，要提醒自己，多留下美好的记忆。

装了三个旅行箱的衣服，已经全部用掉了。鞋子上落的尘土，可以擦一擦了。故乡，明年我依然会归来。但真正想要歇一歇，还要回到710公里外的家里。那里窗明几净，暖气温度合适，可以一觉睡到中午。

在车里，问女儿，老家好吗？还想回老家吗？她的回答是，太好了，不想走，因为这里有最好吃的烤冷面、王师傅肉串、油条、烤牌、糁……她说了一连串郯城的美食。她出生在北京,但却有一颗老家的胃,基因遗传就是这么神奇。

问这些的时候,汽车的后备厢里,装满了亲人给准备的大米、冻豆腐、盐豆子、大蒜、辣椒、羊肉……它们的气味混杂在一起,通过隔离层隐隐约约传递了过来,把这些味道带回北京,大概够假装在故乡生活一个月。

少年王成

在黑暗的电影院里,看一部第六代导演拍的电影。银幕上有个青年,年轻,英俊,面庞有点胖嘟嘟的,骑着摩托车在山间道路上行驶,镜头长时间地追着他的面庞在拍。影院里是空的,只有我一个人,拿出手机拍摄了银幕,将图片传给了王成:"看看,这个演员像不像你?"

过了一会儿,手机屏幕亮起:"帅!真像。"我把手机装回口袋,试图专心地看电影,脑海里却不断浮现出王成的少年时代。那也是我的少年时代。

一

二十世纪八十年代末的郯城县城,白天街头永远给人冷清的感觉。夜晚热闹的地方,也仅仅有电影院及其周边。对了,还有医院周边人会多一些,那会儿生病的人似乎特别多,医院里的人永远是满的。

围绕着医院,产生了许多小生意。炸油条的、卖水果的、蒸馒头的、做面条的、做烤牌的、卖凉菜的……王成的家人在十字街东北边卖烤牌,我六叔的女朋友在十字街西北角炸油条,两家都从外地迁移而来,好像有点亲戚关系,因为这个原因,王成与我六叔成了朋友。

我那时在联中上初一,和六叔住一屋。所以严格说来,我与王成不能算朋友,论起辈分,要喊他成叔。但我们年龄太相近了,他最多大我四岁。再加上都没有年龄概念，所以，很多时候，我们还是以平辈的朋友身份相处。

和王成走得更近一些，是因为我们有共同的爱好：收集古铜钱。康熙通宝、乾隆通宝、绍圣元宝、崇宁重宝之类，我收集了满满两罐子，珍贵的挑出来，放在集邮册里，每天欣赏。

我的古钱币来源比王成要丰富，每次回我出生的村庄大埠子的时候，在别人家院子里，土窗台上，看到有散落或成串的铜钱，就会伸手索要，去姑家或婶子家，也会不告而取。王成看到我集邮册的稀有钱币很羡慕，常常要拿他的跟我交换。我担心他拿便宜的换我贵的，往往会拒绝。

但如果有重复的，我还是愿意送给他一两枚的。每次收到，他都很高兴，眼睛会放出亮光来。或许是出于这种亮光的吸引，我送他的古钱币越来越多，记得有一次，干脆把一整罐都给了他，虽然有点儿不舍，但那时这么做的动力估计是：这就是友情！

如果不是那年夏天发生的事，王成会度过平凡、顺利的一生。

二

1989年夏天，肯定与别的夏天一样是炎热的，但想起这年夏天，记忆里总有股阴凉的感觉。那时候的年轻人，除了偶尔看场电影、去大礼堂看场广州来的歌舞演出，没有别的什么娱乐，大多数无所事事的时间，都用打扑克来打发。

王成与四五个年轻人，在其中一位的街边店面里打扑克，从关上店门之后开始打，一直打到第二天早晨天蒙蒙亮的时候。这个时候该是早起的人去糁铺喝糁汤的时候了，几个年轻人打着哈欠往糁铺那里走。

晨光里，一个小偷在撬门准备行窃。早晨不是一个行窃的好时候，几个年轻人一拥而上，把那个同样年轻的小偷教训了一顿。如果只是教训教训就好了，等到年轻的小偷躺在地上一动不动，他们才知道闯了大祸。

公安，检察，法院，依次介入。案件本身没什么复杂的，复杂的地方在于年龄的认定。如果满十八岁，就会被判重刑，不到十八岁，会判轻一些。王成那时十七岁，但小时候上户口没搞清楚，身份证年龄已经满了十八岁。

涉事的每个家庭，都在为了孩子的年龄奔走呼号，王成后来说，有的家庭花了五千元改了年龄，轻判了，他的家庭拿不出。我问他："有证据吗？没的话别乱说话。"

1983年有过一场席卷全国的"严打"行动，在王成被判的1990年，"严打"的说法仍然在，参与"教训"小偷的几个年轻人无一幸免，主犯被判死刑，两个被判无期，其中一个是王成。

在判决生效送去监狱服刑之前，几个年轻人和当年被判的其他重犯被拉上街头游街。大幅的白纸黑字的判决公告贴满了县城重要位置，长长的游街队伍蔓延几百米，街道两边挤满了围观的人群，被吓破胆的年轻犯人脸色惨白。

王成被送往监狱服刑的时候是冬天。他好几次回忆说，最后一次会面时，我六叔哭得满脸是泪，当王成被警察架走的最后时刻，脱下身上的毛衣塞给了他。

在监狱里，他像保护自己的命一样保护这件毛衣，穿不舍得穿，洗不舍得洗。出狱时，别的东西都送了或扔了，唯一带回家的是这件毛衣。从1990年到2019年，这件毛衣被王成保存了快三十年。

2019 年春节，在酒馆的包间里，王成和六叔又开始抬杠。不知道从什么时候起，两个人开始不对付了，王成一口干掉了一杯酒："要不是你送我的那件毛衣，咱们哥儿俩早完了。"

本来我以为，王成说完这句话后会眼红掉泪，但他没有，他只是在陈述一件事，并没有解读这件事的意义，我猜想，在监狱无数个难熬的日子里，王成肯定这样想过：无论韩六以后怎么对他，他都得对韩六好。

三

韩六是我六叔，王成叫他六哥。高兴的时候喊他六哥，不高兴的时候叫他韩六。韩六在 1990 年的时候，也刚刚过了十八岁，因为挑起了家里的大梁，成了赚钱养家的主力，所以那天晚上没有和王成一起打牌，否则他们就成狱友了。

王成服刑的地方在微山县，那里有个湖叫微山湖。说起那个地方，王成喜欢用微山湖这个说法。郯城县到微山县，现在走高速是 162 公里，开车约需两小时。但在三十年前，没有高速，坐公交也要转数次，去一趟要花上一整天的时间。六叔是探望王成最多的人。

那是一条漫长的探望之旅。六叔用积攒许久的钱，买了烟、食物、水果，"千里迢迢"地奔向微山湖去看望他的朋友，一年三四次。

开始时不知道怎么坐车，下车后不知道怎么走，一路问路。走多了之后，也不意味着那是条坦途，曲折、颠簸、困乏，明明是一段不长的路，走起来却没完没了。

王成说，监狱里的人，盼星星盼月亮一样盼有人来探望。有的人每周都能见到家人，每周都能收到在外面很常见的食物，有的人坐了十几年牢，一个人也没来过。王成在等待了三个月后见到了六叔，他没形容过两人第一次见的情形，但我能理解那种等待的滋味，以及还没有被人遗忘以及放弃的滋味。

1994年秋天之后，我到临沂的一所学校上学。六叔交代，给王成写一封信。我写了，不知道写了多少封。忘记了写的什么内容，但每次见面，王成都会说，那些信他还保存着。

不知道那些信，过了这么多年会破烂成什么样子。每次回老家约王成喝酒，先浮现在脑海里的不是他的面孔，总是他说的那句话："你给我写的那些信，我还保存着。"

四

"你在监狱那些年，是怎么过来的？"这是我一直想问王成的地方，但担心他不愿回忆往事，所以一直没敢问。终于在2019年的春节，我们打破僵局，开始了与这个核心问题有关的聊天。

他说，他在监狱里成了老大。所谓老大，我理解的就是《肖申克的救赎》中安迪那个角色。我不信，在一个满是狠角色的地盘，他一个刚刚成为大人的"新人"，能成为"老大"，无异于天方夜谭。"你与别人有什么不一样的地方？"我问。他正经地回答："我有感情。"

狱内是一个弱肉强食的地方，谁横谁有理，谁狠谁地位高，但王成找到了更厉害的武器，就像他形容的那样："监狱里的通行证，不是权力，不是钱，不是物品，而是感情。"想来也是，在一个不用讲感情的地方，"感情"自然就成了稀缺品。

王成在进入监狱的第一天，就开始了自己的新生。他没有把"感情"从思想里切割掉，反过来，"感情"也成为他手里的"硬通货"。

所谓的懂"感情"，就是会说话，讲义气，擅长处理冲突，并把事情引导到自己能掌控的方向中来。不知道王成从哪里学到了这些。

他的身材并不高大，年轻时甚至还有些羸弱。但很快，牢房里的老大，把他从最靠近马桶的最差的铺位，调换到了整个牢房唯一有一床破棉被的"五星级床位"。那些敢于欺负他的狱友，无一例外都被更有实力的狱友一顿暴揍。

因为表现良好，王成很快被监狱警察注意到，被提拔为协助狱警管理狱内秩序的人，不知道专业的称谓叫什么，权称"协管员"吧。"王协管员"很快得到了两边的承认，他从不靠出卖狱友来讨好狱警，但对监狱安排的活动与任务，却总是能很漂亮地完成。

监狱里的生活太苦了。体现在食物方面，那时候人们的生活刚刚转好，普遍生活条件都还比较差，监狱里面自然要比外面糟糕。王成刚进去的那年，一天往往只有一两个窝窝头和一碗稀粥。对于饭量正当年的成人而言，那点窝窝头根本不够。

中午的时候，犯人会把窝窝头掰开搓碎。有阳光照进来的地方，放阳光下晒；没阳光的地方，就等着它慢慢阴干。在这个过程里，每个人都死死盯着自己的窝窝头，等待窝窝头渣干了之后，他们会再次把窝窝头搓成细粉状，和卫生纸掺在一起，等到有热水送来，冲泡在一起吃。

主食都不够，自然就谈不上菜。当犯人保持良好的秩序，或者遇到节假日，或者在组织活动中获了奖，发饭时食堂会给每个犯人一小块咸菜。为了这块咸菜，每个犯人都会对发饭者极尽谄媚；得到大一点的咸菜，就会感恩戴德。出狱后的王成至今还对咸菜情有独钟。

偶尔有女犯人经过,被放风的男犯人看到,总会引起一阵骚动。王成这样说,看到她们,就像看到烟花一样,"砰砰砰"地绽放,一路走一路绽放。他想到了小时候看星空,心里像是装满了棉花。他说的那么自然,像一个诗人。

有需要外派劳工的机会,王成总是会被指定为人员挑选者。人员齐备之后,坐着监狱的车外出劳工,可以看到街景,吹到自然风,直接地晒到大太阳,而且可以吃到监狱外面的饭菜。对于能出工的犯人来说,这简直是超凡待遇。

王成带工几十次,从来没有出过任何差错,他取得了管理人员的信任。时间久了,很不应该的是,他与其中一名狱警成了朋友,一个非常严重的错误自此埋下。

在某个休息日,王成从狱警那里要到了摩托车,载着三四个人进了微山县城,不仅下了馆子,还喝了酒。如果他们在吃完喝完之后准时回监狱,一切就会像没发生过一样。结果,一个喝多了的狱友在酒楼里与人打了起来,报警后几个人全部被抓。

事情败露后,狱警被辞退并被追责,出去"逍遥"了不过两个小时的犯人,无一例外全部加了刑。

犯人和狱警是不能成为朋友的,这违反了规则。但在犯人出狱之后呢?一切阻碍在法理、情理上便不存在了,王成和当年在监狱工作的狱警与领导成了朋友,他时常给他们发短信,逢年过节的时候发,平常有苦衷的时候也发。他们偶尔也回复短信,劝告他要认真工作、好好生活。每年一度,王成还会去一趟微山县,与那些帮助过他的人们聚一次,谈谈往事。

减了三次刑,王成由无期改判有期,在监狱里一共待了十二年,偿还了他的错误,换回了自由身。十二年,整个世界都变了大样。

五

第一次回到郯城,走在熟悉又陌生的大街上,阳光刺眼,王成有头晕目眩的感觉。明明主要的街道与建筑物都还没变,为什么这么难以适应? 他不知道,是整个社会上的人变了。

对刑满释放者的歧视, 让王成回到家乡有成为贼一样的感觉。开始的几个月,他躲在家里不敢出门,生怕遭遇异样眼光。偏偏邻居中有位比较爱唠叨的老太太,每次看到他或者路过他家,总会念叨几句"杀人犯""没天理""害人精"之类的话。

王成被连续骂了三个月,终于有一天,拿着菜刀到老太太的家门口,冲着她家的木门连砍了几刀。从此老太太见到他都躲着走,闲话也渐渐少了。"我不想当一个坏人,可不当一个坏人我就混不下去。"王成说。他的话让母亲再次感觉天又要塌一次,母亲预感到,他的儿子很有可能"二进宫"。

王成犯事之后,母亲天天哭,几乎哭瞎了双眼,跪碎了膝盖。现在儿子能回到身边,这已经是老人下半辈子最大的欣慰。

砍完邻居老太太家大门的王成回到自己家,看到痛哭的母亲眼里干瘪得再也流不出一滴眼泪,知道自己错了。他发誓,再不给母亲闯祸,从今以后当一个孝顺的、打不还手骂不还口的儿子。

王成的狱友出狱后,有不少做成了事。他们中间有人邀请王成去大城市,就在办公室坐坐,每月发不菲的薪水,但王成拒绝了。坐了十二年监狱,他觉得自己欠了老母亲太多,无论生活是甜是苦,绝不再离开母亲。

王成在建筑工地上谋了份职业,拿了份微薄的薪水。但他的日子过得并不辛苦，因为"感情仍然是一份硬通货"。在他结婚需要盖房子的时候，他的朋友们用了三天时间，给他凑了六万，把婚结了，把孩子生了。

他在讲述这件事情的时候，我们一桌六个人在六叔家吃饭。看到我眼神瞬间滑过的怀疑，他对身边一个朋友说，你帮我证实一下。他的那个朋友当即从兜里掏出一张卡，对我堂弟说，去楼下自动取款机，给你王成叔取一万块钱来。堂弟问，真的吗？那个朋友说，那还有假？

这个情形，是在大家都喝了酒的情况下发生的，堂弟下楼十来分钟后，取了一万现金，交到了王成手里。我表面不动声色，内心"目瞪口呆"——这种直爽地表达感情的方式，我已许多年没见过了。

六

2012 年秋天，王成来北京看朋友，我在三里屯东边巷子里的一家餐厅请他吃饭。几个人喝了两瓶白酒，离开饭馆的时候意犹未尽，在街边咖啡馆坐下，每人点一份喝的。

王成点了一杯意大利咖啡，服务生端上来之后，王成发现咖啡杯只有酒盅那么大，一饮而尽之后发牢骚："几十块钱一杯一口就没了。"我们都开怀大笑。

每次回郯城，王成总要张罗请吃饭，去了，他就很高兴；如果因为时间紧，没来得及聚成，他会生气，然后会在接下来整整一年的时间里念叨这件事。于是每年回家，便有了一个不可或缺的聚会。

记忆最深刻的一次聚会，是我们几个人一起到郊野铁道口旁边的一家小酒馆里喝酒，喝了不少酒之后，我和王成到铁道边抽烟。午后的阳光照在耀眼的铁轨上，也铺满了一望无垠的田野，我们抽了一根又一根烟，没说什么话，沉默地待了十几分钟，我觉得，那胜过很多言语的交流。

2019年春节的这次聚会，喝完酒之后我请他去喝咖啡聊天。中间我出来点酒，回头看他也跟随了出来，习惯性地把衬衣卷到了肚皮之上，看他晃晃悠悠走过来的样子，仿佛是看到十七岁的他，一个年轻的、健康的、脸圆圆的年轻人，毫无心事地享受他的生命。

我把他卷起的衬衣拉下，整理好，对他说："你还小吗，多大岁数了还跟个古惑仔似的？"他不好意思地笑了。

这就是少年王成的故事。今年，他已经四十七岁。

缝缝补补的故乡

今年春节，回到老家遇到一位年龄最小的堂弟，他见到我的第一句话是："哥，我以为你今年不会回老家过年了。"

我理解他说的意思。去年我的奶奶去世，我们整个大家庭最重要的情感链接就此断了。堂弟以为我会就此放下所有牵挂，心安理得地当一个过年也不回家的游荡者。

我在心里苦笑，觉得这真是个傻孩子。一位重要的亲人去世了，可家还是家，家里还有岳父、岳母、叔叔、姑姑、妹妹、堂弟、外甥、侄子……

总还是有人盼着，从到了腊月就开始问，什么时候回家？得有多狠心，或者多伤心的人，才会与老家一刀两断？

金 婚

今年返乡，最重要的事是给岳父、岳母过金婚。他们在一起组织家庭，五十年了。两三年前的春节，聚在一起吃年夜饭的时候，就说到过，等金婚到了，我们一块儿聚齐，好好地庆祝一下。

但不知道为何，临近这个日子的时候，每每想到这件事情，就莫名有些焦虑。众人不知道从哪个渠道知道，我在北京偶尔会做一些"策划"方面的工作，希望我能给岳父、岳母的金婚策划一下。我觉得我接到了一个无比艰巨的任务。

拖延症根本不会发生在我身上，但给岳父、岳母写的金婚方案与主持词（没错，我要做主持人），直到临行的前一天才硬着头皮完成，很多点子，还是媳妇儿想出来的。

夜深人静的时候，反思了一下自己的情绪，觉得焦虑的来源有两点：一是不喜欢形式感太强的事物，二是不适应公开地表达感情，这两者都会让我觉得尴尬。

这也是我故乡的文化与传统。亲人之间，尤其会对仪式感很强的感情表达活动表示拒绝，哪怕是大年初一拜年，也是"咚"的一声一个响头磕在地上，连句拜年话都不会说。

找到了问题的症结之后，焦虑便迎刃而解。

仪式的前一天晚上，喝完酒回到酒店，趁着酒意写了一首献给岳父、岳母金婚的诗，第二天趁热让孩子朗诵出来。果不其然，这个环节大家都很喜欢。诗在故乡，还是比较稀罕的，浓烈的情感，被这刻意夸张的形式冲淡了一些，因此也自然了许多。

岳父岳母虽然开心，但对于这种场面，多少还是有点不自在。好在我已经找到了缓和气氛的方法，问了一些诸如"五十年的婚姻你们彼此给对方打多少分？"这样的问题，岳父岳母很配合地互相打了一百分，赢得了满堂掌声。

简单的仪式结束，大家如释重负，举起杯子纷纷吆喝"干杯"。

晚上睡不着，想起来在酒店用气球布置庆典房间，不小心吹破了一个很重要的气球字母。我找来透明胶带，仔细地把破裂处黏合起来。

这个举动，让我想到与故乡之间的关系：故乡也是个被吹破的气球，而年年赶来的我，就是一个创可贴，缝缝补补，仔仔细细，小心翼翼,想要保持一个完整。

街道主任

刚回到老家的时候,六婶就发了一段微信语音,问我能不能帮她请街道主任吃一顿饭——她儿子的一点儿小到不能再小的事情,卡在街道主任那里了,怎么也不给签字。六婶说:"你面子大,你们喝顿酒,主任就把你小弟的事情给办了,酒钱六婶出……"

听到六婶这个要求,头立刻就大了。我跟六婶说,不是酒钱谁出的问题,是我压根儿就不爱干这活儿。我宁愿连续一个月请人吃饭,也不愿意开口求人。

最后,还是磨不开面子,答应了六婶可以问问看。同时心里也安慰自己,比起过年遇到的其他头大的事情,这毕竟还不算最难的。

离家近二十年,除了有血缘关系的亲人和少数少年时的朋友,已经和老家的其他人彻底失去了联系,尤其是有官方背景的人……主任再小也是官,要是万一他打官腔怎么办?

我请每年都聚的三个朋友中的一个,代为邀请街道主任晚上一起吃个饭。这个朋友有点犯难,说街道正在换届选举,上届主任出现了强有力的挑战者,最终结果还不明朗呢。

最后,他代我决定,请那个口碑更好、更有希望获选的人参加晚上的饭局,以少年朋友聚会的名义。

晚上的时候,准主任来了。看到末座倒酒的我的堂弟,立刻明白了什么意思,当即拍胸膛表示,这纯粹是前主任故意刁难,等他上任了,立刻解决堂弟的问题。

尚在竞选期的主任有点儿焦虑,整个晚上都在说他的事情:他在街道居民心目中口碑是如何的好；他打算不要工资，竞选成功后一心为居民服务；以及在他之前的这个主任，曾做过多少不靠谱的错事，甚至为了连任，竟然还给投票者送钱……

这位主任相貌厚道，也实在。更重要的是，他是街道里的一位亿万富翁，竞选主任，估计也不是真看上了这个芝麻小官，街道也没什么油水可捞，没法不相信他有一颗"为人民服务的心"。

当然，更关键的信息是，他打算挤下台的那个人，是他的亲兄弟。

据他说，他的这位兄弟是个"厉害"的角色，曾追上高速公路拦下记者的车，把记者揍了一顿，还要去北京起诉这位记者的单位报道假新闻。最后还是某位比他高好几个级别的领导打电话过来让他撤了诉："敢起诉北京的新闻媒体，你还知道你几斤几两不？"

类似的奇闻，那晚上听了不少。我的故乡，看来不缺故事。

二 弟

在老家的近十天时间里，二弟多数时间和我在一起，有时一起喝酒，有时一起打台球，有时一起和我在酒店房间里喝茶，谈了很多话，也交流了很多事情。

二弟是个老实孩子。年轻的时候被人骗去过广东干传销，险些丢了命，逃回来之后就铁了心不出门，踏踏实实在家。

二弟没什么专业技能，在结婚成家的前几年，日子一直过得紧紧巴巴。后来有个机会，从表姑手里盘下了一个紧挨着学校的玩具店，干了两三年时间，存下了一笔钱。再后来学校搬迁，只剩下部分班级在老校区，二弟转让了老店，新换了间房租更低的店。因为每天营业额太少,经常不开门。

晚上的时候,二弟会出门跑滴滴。在县城,遍地的滴滴,比在大城市好叫车多了。二弟说,有时候一个晚上能跑六十块到一百块,利润大概能有一半。

二弟是个性格很好的人,开朗、幽默、乐观,只要有他在的饭桌上,一晚上都是欢声笑语。我不在家,一向由他来维护十来个堂弟、表弟之间的关系。但很明显的,他也觉得越来越吃力了。

二弟永远记得我的生日,因为恰逢准备过年期间,二弟每次都会买一个蛋糕,召集弟弟们一起聚聚,热闹一下。

前面说过,我不喜欢形式感的东西,包括自己的生日,也从来不愿意过,宁可大家都不记得才好。但二弟不管这套,他觉得这是他的义务。

二弟和曾经的我一模一样,总是替人着想,有坚固的讨好型人格,生怕对谁照顾不周。如今我的这个性格已经基本改掉了,但二弟还是找不到改掉的办法。

每次的大家庭聚会之后,总会有一些小到不能再小的嫌隙,在三四十口人之间发生。头天晚上的小事,比如拍合影时谁碰了谁一下,被认为是故意的敌视;吃饭结束后有开车的人,拉谁走了没拉谁走;第二天经过演绎,都能新账旧账一起算。先是晚辈之间的事情,后就会演变成长辈之间的事。

我因为痛恨处理这些事,早已选择了无视。但是二弟总觉得责任在肩,勉力支撑了几年,到今年也终于撑不住了:"哥,怎么办,我们这一大家子人怎么办?"

我不知道怎么回答二弟才好。

老　陆

老陆是我中学同学。每个人的同学当中，必然有一个人是土豪，老陆就是我们同学间的土豪。

和老陆上学时关系好，不仅是因为我们有共同语言，能玩到一起去，还因为他当时帮我给喜欢的女同学传过纸条、递过信。中学毕业后，这种事情他还断断续续帮我做了两年。

老陆有一辆摩托车，有次被我借来去走亲戚，结果因为开得太快，闯进了沟里。还车的时候，看着被撞歪的摩托车把，老陆的脸都气绿了，但一句怪罪的话也没说。

老陆没有考上高中，毕业后在县城开了一个门店，搞装修公司。这是我对老陆的最后印象，直到几年前再见到他，才隐约知道了他的一些传奇。

在县城混不下去后，老陆去了新疆，做一些与化工产品有关的生意。二十世纪九十年代末，化工生意在新疆很好做，老陆积累下人生第一桶金，也有了一批扎实的人脉。

一个偶然的机会，老陆认识了大企业的一位领导，深得这位领导赏识，后来成为这家企业下属某个分公司的项目负责人，有实权。我们县的领导偶尔知道老陆的这个身份背景，就力邀他回乡投资。带着大企业背景与资金的老陆荣归故里，据他自己说，给县城投了二十多亿。

老陆每天累得要死，每天最大的幸福，就是抽空坐电脑边，循环观看秘书给他做的一个PPT。PPT里面都是他在县里做的一些工程图片，这让老陆很满足。

我一直和老陆保持松散、清淡的同学关系，很舒适，老陆毕竟是见过世面的人,不黏黏糊糊,说话办事简单利落。

我们少年时常在一起喝酒。现在反而不了,今年春节见面,先是在他的办公室里喝茶,喝到午饭时间,老陆带我去一家路边店,几个人点了一盘馒头,要了一盘驴肉和几碟咸菜,就着一锅汤,一滴酒没喝。这顿饭是我春节吃得最开心的一顿。

老陆也还有讲究的一面,明知道我住的酒店到他那里,步行不过半小时,打车也就几分钟,还是专门安排他的司机来接我。

在老陆宽大的办公室里,他指着玻璃窗外遥远的一片空地,说他已经在那里得到了政府拨的上千亩地,和西安的一家公司合作,要做电子商务基地,搞出口与进口,把生意做到国外去。

如果他的事能做成,对于这个财政收入窘迫、缺乏轻型企业的县城来说,真是个创举。

我开玩笑:"你做这个事情,不是为了骗地用和拿政府补贴吧?"老陆着急了,说:"你太小看我了。"

老陆说了几回,要把初中的同学叫上,搞一次聚会,但每次也只是说说。和我一样,他可能也是害怕同学聚会。

故乡与蝉

今年春节回乡早,离除夕还有十一天就回去了,以为这样时间会够用,能有机会一个人闲逛逛。

但是依然忙碌,大年三十的傍晚还到认识多年的朋友家里喝了两大杯酒之后,才回到岳父家,一起看央视春晚。开场音乐一响起,整个人就全部放松下来。

这台晚会意味着一年当中最重要的时刻来了,也标志着下一个春节又进入了倒计时。

春节，故乡，家……它们让我想起，过去把新小麦放在嘴里咀嚼，吐掉汁液之后，就留下一块黏性很强的"麦胶"，夏天用它去黏大树上的蝉，一黏一个准。

打算逃脱的蝉，稀薄透明的蝉翼被牢牢地粘在"麦胶"上。想想那个时候用这种办法捉蝉，真美好。

疼

一

除夕到来前夕，靠近腰间那部分的肌肉疼逐渐消失了，不晓得这疼是怎么来的，在阳台上踮脚晾晒衣服时拉伤了肌肉？睡觉时长时间未翻身血液不流通导致？总之中年以后，身体这架机器，随时都会给你提个醒，别把自己当成小年轻了。

年末最后一天也称"岁除"，鞭炮声在窗外炸响，那是古人留下来的"精神遗产"，据说可以去晦气以及一切不好的事情。我的肌肉疼痛，或许就是随着这"岁除"一并被去掉了吧。还有一个可能，是因为去上了祖坟。在乡村，遇到身体上的不适，又觉得没到看医生的地步的时候，恰好又赶上逢年过节，最好的办法之一是上祖坟，带上几刀火纸，让祖先的坟前燃烧起一些火光，以求心安。

小时候我觉得这很可笑。当然现在也不信，只是觉得，在做这些事情的时候，心里还是有些踏实。中年人身体疼痛的时候，懒得和医生说，不想和家人说，和朋友也不便交流这些，只有默默忍着，忍不住了，去坟前和去世的人说说，反正知道他们听不到，说出来了，仿佛就不疼了。

我六叔在除夕之前的某天，打来视频电话，说在坟地里找不到我奶奶的坟头了。手机屏幕里晃荡着一个个坟头，让我来辨认，天快黑了,视频模糊,我哪儿分得清。我六叔喝醉了,不喝醉这样的事情他做不出来。上祖坟都是成群结伴地去,哪有一个人孤零零地去?

他是想他娘了,想到娘的坟前哭一场。孩子小的时候疼了会找娘,中年了也是。六叔偶尔会跟我说,他的身体里这儿会疼那儿会疼,除了跟他说少喝点酒,我也没办法告诉他更多止疼的办法。总不能一边吃止痛药一边喝酒吧。

二

这个春节过得有些不一样,疫情让全国所有城市的街道都空空荡荡,显得像一座空城,我的老家县城也不例外。地下车库封了,县城周边的村子开始断路,高速公路不再允许外地牌照的汽车下来……约翰·多恩说"没有人是一座孤岛",可是当有些事情发生时,人真的可以变成一座孤岛。

春节的计划全部取消。去长辈家拜年,和一伙年届三十、四十的兄弟像少年时那样结伴去台球厅打球,带孩子去看几场电影,不分中午、晚上一场接一场地喝酒……往年这些事情让人累并快乐着,可当它们一一从正常的节日生活里消失时,又是那么令人怀念。人真是适应性很强的动物,躲在自己的房间里,透过阳台望星空,想人世间的事情,想人的渺小,心,就真的静了下来。

病毒肉身不可见,可"力大无穷"。它们就是那样借助一个又一个宿主,传播到千里之外、万里之外。它们把人的肺部变成一片苍白,让一个健康的人几天的时间里失去生命。它们是一顶布满荆棘的"皇冠",是一场下在人血液里的冰碴儿,让人恐惧、害怕,在孤独中独自枯萎。

2003 年"非典"流行,大学校园里的情侣被隔离开来之后,只能戴着口罩在铁栅栏的两端短暂地聊会儿天。他们的样子被拍摄成照片,登在报纸的头版上。一个傍晚,我从西坝河坐公交车回通州,经过国贸桥的时候,看到东西南北四个方向的大街上,除了一些公交车之外,只有稀疏的一些私家车在缓慢地奔走,寂寞而凄凉。好在路过大望路时,看见一个男生怀抱着一捧硕大的玫瑰花束站在公交站台,黄昏中他专注的样子给我留下极深的印象。

疾风中的玫瑰,暴雪中的玫瑰,苍茫大雾中的玫瑰,人在无助的时候想象力很容易被一些美好的事物激发。"好了伤疤忘了疼",疼痛再严重,人们也会遗忘它,而只选择性地记得那些让人眼睛一亮、怦然心动的场景,人的大脑真像是一张揉皱了的纸,在那些折痕当中,沉淀着幸福与甜蜜,疼痛与痛苦全部被抚平了。

三

2009 年的时候,我在北京朝阳门附近的中国人寿大厦里工作。那年冬天,我的肋骨末梢开始隐隐作痛,头脑也昏昏沉沉,像是感冒一般。吃了感冒药、消炎药、止痛药,疼痛就会减轻一些,一旦停下来,就会恢复原样。

肋骨末梢的疼痛太"奇妙"了,它来的时候让人毫无觉察,像柔软的海浪一样,轻柔地荡漾着荡漾着,然后猛地砸起一个不高不矮的浪头,让你心头一紧、眉头一皱。这种疼痛还特别规律,大约五分钟左右的样子疼一下,快到四分钟的时候,你会忍不住停下敲键盘的手,耐心地等待那痛感的到来,疼过之后,再专注地去工作。

这让我想到济慈、雪莱、契科夫、卡夫卡、鲁迅、萧红、林徽因等一大票中外文化名人，他们都患有肺痨。但疾病除了带来痛苦之外，还制造出一种虚幻的美，苏珊·桑塔格在《作为隐喻的疾病》中就写过，"早在十八世纪中叶，肺痨就被与罗曼蒂克联想在一起。"在文人那里，疼果然是能带来美与思想？

我不这么觉得。只觉得疼，让人心神不宁的疼。怎么形容呢，肋骨神经痛仿佛风中飘浮着一把带有细柔刷毛的小刷子，时不时地爱抚一下你身体里骨头与皮肤隔得最近的那一部分，只不过这个刷子是上等的钢丝做的，它扫过的时候会让人倒吸一口凉气。如果你听到一个人的齿缝间有丝丝微微的凉气穿过，那一定是有一种疼正在他的身体里巡游。

伴随着疼痛的还有口渴，整个人像一片焦渴的土地一样渴望水，写字间每天早晨都会更换一大桶纯净水，这桶水，约有一半被我喝掉了。肋骨持续疼了三个月，我感觉自己喝掉了一条小河流。

之所以疼痛不止，后来我想明白了，不是用药不对，而是在吃药期间，一直没有间断喝酒。更要命的是，有时候吃头孢，还用啤酒送服。这是我童年乡村生活里的不良记忆，许多乡村的老人或汉子就是这么吃药的，他们不怕疼，怕苦，几粒药扔进嘴里，得赶紧灌一口酒，药在他们口中，成了下酒菜。估计不少人，就是这么不明不白地挂了。

实在疼到受不了的时候，我在午休时去了朝阳医院。朝阳医院离中国人寿大厦不远，步行大约半小时，走到的时候，看见挂号处排成一条长龙的队伍，犹豫没超过三秒，转身就离开了。

临去的时候，右腿和右脚后跟的神经开始第一次疼，但总算不影响步行。回程的时候，足部神经地疼已经不允许我假装潇洒漫步了，不知道是否有一种酷刑叫"在钢针上走路"，那会儿我感觉自己就是在钢针上行走。朝阳这个区在我的视野里慢下来了，北京这个城市在我想象中慢下来了，汽车的噪音变得遥远而模糊，只有足后跟的疼痛尖锐而清晰，那会儿只有一个愿望，就是能走回自己的办公室，坐在自己的位子上，哪怕一坐不起。

经过一家药店的时候，忍不住拐了过去，对卖药的人员说了两个字："我疼。"对方询问了一下症状，说是有种药或能解决问题，但是需要医生开处方才能卖。我说，我去过医院了，人太多，不想麻烦医生了，麻烦你给我开吧。

那板药片治好了我的疼痛。

四

有位诗人朋友，写过不少诗。但我印象最深刻的，是他写牙疼的那首，诗有几句大意写的是，牙疼这种疼，哪怕是爬上长城也治不好。牙疼和爬长城有什么关系？但他偏偏写出了关系，这大概是诗人的特权。

我不是诗人，也不是文学家，因为疼痛会让我无暇他顾，只想专注地对付在身体游走的那队手持武器、胡作非为的轻骑兵。我算是个身体素质不错的人，很少生病，即便生病，也会通过自己的逻辑判断与缜密分析，找到自认为合适的治疗方法，将它克服。

我相信人是可以与身体对话的，但身体肯定曾嘲笑过我是个蠢货，因为我曾拿酒送服过药，还觉得蛮有英雄气概。

做蠢事也会制造疼痛。"只要想起一生中后悔的事，梅花便落满了南山"，张枣的这句诗美归美，但却不那么现实主义。我想起一生中后悔的事，既看不到南山，也看不到梅花或者别的什么花，要么心绞痛，要么是神经性头痛。进入中年前的一段时间，净去想一生中后悔的事了,每天一起床,往往发现疲惫不堪,这样的结果就是常常想起后悔的事造就的。

但爱怀想往事这种病,也被我自己治愈了。四十岁之后宛若重生,我与过去那些事彻底告别。我把这种喜悦与身边的人分享,与陌生的读者分享,说得多了,甚至还有点自鸣得意。得意之后,就是失落。短暂的失落。然后长呼一口气,人生不过如此,我的人生与别人的人生有什么差别呢?众生皆苦,放过自己也放过别人吧。

去年的某个月份,到甘肃玩儿。西北人太能喝酒了,划拳也厉害,我在北方练习的那点酒量与拳艺,压根儿不是西北汉子们的对手,那晚上喝了许多酒,许多许多酒。我醉了,醉得不省人事。等迷迷糊糊睁开眼的时候,已是第二天中午,外面是明晃晃的阳光,看着温暖喜人。这个时节适合到太阳光里和微风中散散步,而我却对自己的身体失了控,我的头脑与手脚都不再听从我的指挥。

从酒店的床上到洗手间,几米的路程,却像一道深深的战壕,跌落下去,双手向上扒,除了扒下来一堆土渣之外,不能前进分毫,这太让人绝望了。那一瞬间,我自认为的成熟稳重、厚道、善良等美好品质荡然无存。西北的酒好,头不痛,也不想呕吐,只是让人浑身绵软。我对自己身陷这样的绵软而感到无力,我其实是对自己的无力感到生气、痛苦。

费时半个小时,终于滚到了洗手间,对着洗手间的镜子,看到一张苍白的、有些浮肿的脸,还有长得长一些就可以看见的白发。在那刻我开始呢喃,小声地说几个字,当然,呢喃也可以用哭泣、恸哭、悲恸来形容,已经有二十多年没有哭过了,我感到泪水是灼热的,它从某个被遗忘的部位匆忙地集结,缓慢地涌上眼眶,我用自来水管里的冷水去洗它,水扑到脸上,仿佛泪流满面,我终于听到了自己反复说了上百遍的那几个字是什么，是"为什么"，为什么？为什么？为什么？究竟是为什么呢？仿佛觉得这样诘问还不够，又自作聪明地使用了英文词汇"why"，why？why？why？……

问了那么多，我还是没给自己找到答案，只是深深地记得了那刻某种无法言说的痛楚。

五

我小时候怕疼。去村里诊所打针的时候，医生还没把药液吸进针管里，我就会发出杀猪般的号叫，而且一哭几个小时不停，后来不是万不得已，父母是不愿意带我去打针的。为了避免打针，交换代价是痛快地把药吃了，这导致养成了一个习惯，无论数量多庞大、味道多难闻的药，我都能鼻子也不捏用最短的时间将之吞服下去。

疼是避免不了的。上小学的某年暑假去湖里割猪草，一镰刀砍在脚踝上，鲜血直流。我四叔背上我就往村里的诊所跑，医生清洗完伤口后把一大包消炎药粉倒在伤口上，疼得感觉像是到了世界末日。

上高中时去工地打工，被电焊工师傅相中成了他的徒弟，没几天就可以独自操作电焊枪了，只是防护意识还不强。一大滴落下的火红的电焊液，迅速在脚面留下了个洞，那年夏天我耐心地与脚面上这个被烫出来的洞做伴，清理它，给它灌满消炎药粉，一瘸一拐地走路。

割草和电焊留下的伤都在右脚，现在仍然清晰可见。它们会陪伴我终生，每当阴雨天的时候，这些伤疤都在隐隐约约地提醒我它们的存在。

我发现，每当人感到疼的时候，他就变成了孩子。

哭 声

一

韩国有部电影的名字叫《哭声》。没看之前对这个片名就有些好奇,被这两个字散发的强大意境所迷惑。韩国人的"哭声"说的历史上的事儿,还是现实中的事儿?电影里的"哭声"会有传导性吗?会让观众觉得片名名副其实吗?

但万万没想到,看完之后才发现《哭声》是一部恐怖片,或者说是一部带有宗教意味的剧情片。《哭声》的画面里,遍布着泥泞、血腥、肮脏、尸体、雨水、阴暗……我印象最深刻的是片中男主角跳大神驱魔的一个场景,火光里,驱魔者跳着怪异的舞蹈,神情仿佛被偷走,面部表情装满了神经质般的战栗,仿佛是无声的哭泣,莫名其妙地令人感到着迷。

对于影视、文学作品,观众或者读者着迷的点是大不相同的。大多数人着迷的点,会被认为是作品创作的商业化手段很成功,少数人着迷的点,会被认为是对人性的复杂挖掘得很到位。我喜欢《哭声》里那些怪异的片段,很有可能是对人性的某一个深邃的角落感兴趣吧。

有部中国电影叫《一九四二》,我喜欢河南话,很大程度就是因这部电影而起。而且通过这部电影我发现,河南话里总带着一点哭腔,有人说河南人说话很有喜感,怎么会是喜感?明明是一种悲伤感,一种经历过恐惧、残酷、绝望之后被沉淀下来的忧虑,已经渗透到了声音里,只要不走出那片土地就会代代遗传。

《一九四二》我看得很认真,看了许多遍,看得仿佛着了迷。电影里面没有一个流泪大哭的镜头。把树皮磨成面了当食物没人哭,把心爱的猫杀了只要求分一碗肉汤没人哭,把孩子、老婆卖了换一小袋粮食没人哭。片中的角色,会抱怨,会咒骂,会厮打,但就是不哭。唯一接近发出哭声的是,妻子发现丈夫要卖她的孩子给娘看病,大喊一声她丈夫的名字:"瞎鹿啊,我就是把孩子拍死也不能让你给卖了。""瞎鹿"这个角色的名字起得真好。

东北有位著名的小品演员,小品演得很好,宗师级的。但我更喜欢看他演的电视剧,尤其是发现他在电视剧里演"职业哭丧人"这一角色的时候,必然是会翻来覆去多看几遍的,因为他的缘故,对"职业哭丧人"这个职业充满了好奇,假若有一天,自己能成为一名纪录片导演的话,很想将镜头对准他们中的一位或几位,听听他们讲讲。

"职业哭丧人"多是生活所迫,不然谁愿意对着别人家的逝者哭爹喊娘、涕泪交加?我说的那名小品演员,在演这个职业的时候,简直太轻松了,和主家谈完价钱,披麻戴孝完毕,一个箭步蹿到灵堂前,双膝跪倒在地,瞬间气场十足,所有人的视线都被他牵引过来。

该怎么叙述他的哭泣?可以说他的表演太富有层次感了,并非一跪倒就进入高潮,那样未免会有些虚假。通常哭丧的第一个层次是高喊三声,先表明自己的身份,与逝者之间的关系;第二个层次是进入啜泣阶段,用哽咽的方式显示自己已经进入了回忆,回忆逝者对自己的关心与照顾,为下一次冲锋积蓄力量;第三个层次就是号啕大哭了,主家请他来,不是见他浮皮潦草、敷衍了事的,只有号啕大哭,这钱才算花得值了，而他有种能耐，总是会让出钱者觉得超值。

一个人悲伤到一定程度（不是极点）会是什么样子？他的表演可以当成一个参考或者标杆。他的声音是嘶哑的，眼睛充满了血丝，额头因为磕头而变得红肿。哭声不是重点，重点是哭声里的讲述。在他断断续续的讲述里，他完成了自己所代表的一个身份（通常是儿子）的责任与义务，让观众深切地感受到了父子情深，让逝者真正的儿子自愧弗如，心甘情愿地付账。而在接过自己应得的报酬之后，他会瞬间出戏，找回自己，轻轻松松地离开。这多难啊，这太难了，我是说，哭不难，瞬间不哭，甚至带着点欢乐地离开，才是世间真正的难事。

我好奇的是，他是如何调动自己的情绪，把自己的眼泪催下来，并且让自己沉浸在悲痛当中的？——那悲伤不是装出来的，悲伤的对象肯定不是逝者，但悲伤的缘由百分百是自身，他一定是掌握了发生在自己生命当中的某桩事件，这个事件就是一个"水龙头"，拧开它就有水流出来。但就算是"水龙头"，也有干涸的一天啊。可这名演员，年岁已经不小了，但还是可以那么容易地哭出来，真让人羡慕。

二

哭声忽然消失了。我是说人生到了某个阶段的时候。就像是走进了一串长长的、高大的水泥管道中，你用石块敲击着管道壁，聆听它所发出的声响，开始的时候，敲一下总是会响一声的，但持续了几个小时，再敲时那回响声突然没了。你不相信，你用力敲，你怀疑自己的耳朵出了问题，但声音没了就是没了。

没有哭声的日子真安静，安静得让人心里发毛。因为在一直以来的人生体验当中，或者说在自己的某种价值观里，人活着就是要哭的,要么因为外部环境的压迫而哭,要么因为内心的压抑而哭,作为一个人,不会哭怎么行呀。有时候耳朵边会有一种劝导般的呓语:你快哭啊,你可以哭,你为什么不哭?

哭太难了。我试过。待在某个绝对隐私、绝对安全、绝对不会有人知晓的空间里的时候,我想温习这种久违的行为,我尝试张开嘴巴发出声音,可是我听到了来自内心深处的一种干裂——像板结的土地那样,生硬、脆薄、尴尬。我被自己尴尬到了,于是对着空气喊了一嗓子,试图缓解这尴尬,喊完之后好了一些,但还是觉得有些不好意思。

亲人去世的时候,我也想像那名小品演员那样哭起来,可一产生这样的想法,就会对自己有一种深深的鄙视,鄙视之后,就更哭不出来了。所以我不爱参加葬礼。我一个好友的父亲去世了,他希望我去参加他父亲的葬礼,我拒绝了,因此有一段时间他对我很不满。

如果可以的话,我不想参加任何人的葬礼。我喜欢参加婚礼、生子宴、生日宴、升学宴,只要是喜事,都可以,哪怕去的身份与理由有些牵强,也会高高兴兴地去。人生欢乐无多,有欢庆的机会和如此正当的理由,要珍惜,要大声喝彩、大力碰杯、开怀大笑——虽然有时候避免不了也需要带点表演,可表演笑比表演哭容易多了,不是吗。

三

"不哭啊。"在哄孩子的时候,说得最多的是这三个字。如果孩子依然哭闹不止,人就会莫名暴躁起来。归根结底,我是受不了哭声的。谁又知道,我小时候自己就是个"爱哭鬼"呢。

我母亲不止一次笑着跟我说,我小时候可爱哭了,一哭就是一两个小时，不哄倒还好，越哄就越哭得厉害，后来我哭的时候，干脆所有人都不管，任凭我哭得昏天黑地。

我隐约记得幼年的时候，哭到后半截已经不是真的哭了，而成了一种表演。人在这么小的时候就会表演哭，难怪长大了就不会哭了，因为羞赧，因为不好意思，也有可能是眼泪从小哭干了，再也哭不出来了。

还能记得的是少年时的哭，打着手电筒在被窝里看《西游记》，每每看到孙悟空"止不住腮边泪坠""泪如泉涌""心如刀绞泪似水流"，就会跟着一起流泪，孙悟空是谁？那是一名少年心目中的英雄啊，是幻想世界中可以惊天地动鬼神的人物，连他都如此爱哭，让我等这些弱小少年该怎么办才好。

之后就是三十多岁后的某一年夏天，对的，就是标志着暑假已经到来的那部电视剧《还珠格格》，无数次重播之后再重播的时候。电视机里皇阿玛和小燕子正在演一场对手戏，皇阿玛的声音还是那么高亢，小燕子的眼睛还是那么大。可是当小燕子大大的眼睛里饱含着泪水，带着哭腔向她的皇阿玛诉说委屈的时候，我的眼泪哗啦一下就下来了——那是唯一一次如此泪雨滂沱，好在没人看到。

我羡慕那些可以哭出声来的人，但更愿意拥抱那些因为哭不出来而显得无比别扭的人，因为在我看来，他们身体最重要的一个功能被剥夺了。真想好好大哭一场啊，不顾环境，不顾年龄，像幼年时那样，一边哭一边从指缝里打量这个陌生的世界。

灰色的村庄

如果"吓破胆"的这个说法成立,我的胆子恐怕在很小的时候就被吓破了。一直到现在,我都不太愿意回到我出生的村庄,那里留下太多难以解释甚至无法承受的记忆。

用现在的眼光看,那些不愿意再去回想的画面或者场景,有可能是被一颗敏感的心灵夸大了,可愈是想要遗忘,却会愈加清晰地记得。我也确信,自己的心灵成长和性格养成,与那段童年在乡村的生活密切相关。

大埠子

我曾无数次写到过大埠子这个村庄——我的出生地。据说我出生在下午,一个阴晴不定的天气。具体的出生日期,已经被我的亲人们搞混乱了。从年份上看,从 1974 年到 1976 年,有三个说法;从日期上看,有说是腊月,有说是二月;从属相上看,有说属虎,有说属兔;从星座上看,有说是摩羯座,有说是水瓶座。

这些都不重要,重要的是,我一出生,就和这个村子扯上了一辈子也撇不清的关系。

大埠子的村庄格局很简单,一条黄土小道从中间把村子一分为二,分别是东西两个长条形状。而靠南的,叫南村,靠北的,叫北村。

我是北村人。我们家在北村的最北边,下了堤岸就能看到村碑。村碑的左手边是小学,右手边往里走大约二百米就是我的家。

我最早的对于大埠子笼统的印象,产生于某个雨季从家里往小学校那儿走,不过是两三百米的路程,让我第一次体验到了什么叫"漫长"。雨中的大埠子被阴云笼罩,黄土小道变成了污泥粪便横流的泥泞小路,脏脏的路面有不明所以的水泡在起伏着,好像每个水泡里都住着一个妖怪。露着脚指头的鞋子,一踏进这路上,滑腻的泥浆便钻进了脚趾缝里,斜飞的雨水不用几秒钟就打湿了衣服,每迈出一步都要使出全身的力气,那种绝望感,让人分外无助。

以后每每想起大埠子,就会浮现出这个场景。也养成了不喜欢下雨天在外步行的习惯,看见污泥就忍不住有呕吐反应,受不了脚沾上一点点泥巴。

现在的大埠子,已经和别的乡村一样,到处修起了两三层的小楼,乡村的中间道路也变成了水泥的,但只要站在那条路上,脑海里浮现的,还是以前的那个村庄。

绝望事件

一个成年人的绝望是什么样的,恐怕大家都能略知道一二。一个孩子的绝望,却不会有太多人知晓。一个人的童年坍塌,无须多么大多么激烈的事情,有时候,有那么一两件事,就可以把他摧毁了。

我还没上幼儿园的时候,经常在大埠子晃荡,时常会产生些奇异的想法。比如看到硕大的草垛,就忍不住想要知道,火苗会不会从它的中央穿过,烧出一个通道,我可不可以从这个通道爬过去,穿越到另外一个世界。

想着想着，好奇心就强烈起来。终于在一天下午，我颤抖着手划着了火柴，点燃了与爷爷家房子紧挨着的草垛。那一幕我记得太清晰了，一根渺小的、不起眼的火柴，在与麦草接触之后，先是小范围地燃烧着，然后在几秒之间，放大为恶魔般扑来的火势。臆想中能烧出一个漂亮的通道的结果没看到，出现在我瞳孔里的是一个冲天大火球。

此后的事情不记得，我失忆了。

几天后，母亲跟我说："去爷爷家看看吧。"

我沉默不语。

母亲说："没事的，你是小孩子，没人会打你。"

有了这个承诺，我迈着沉重的步子，一步一步走向爷爷家。

爷爷家的门口，是一个怎样灾难性的画面啊，整个草垛变成了一堆灰烬，地面上是草灰与灰黑色的水汪，房屋的土墙壁，被熏烧得一片乌黑，每一个看到我的人，都默默转过身去，那眼神让人战栗。

有个叔叔走了过来，冷着脸对我说："你知不知道，就差一点儿，你把这一排房子全烧了。"那排多达十间的泥坯草房，是父亲带着五个兄弟花了一个夏天建起来的。

我站在草灰边上，宛若站在世界尽头，想要放声大哭，却哭不出声音，哭不出眼泪，那一刻觉得，自己的一生走到了尽头。生命里仿佛有些东西，伴随着这草垛一起燃烧掉了。

上小学后，又惹出另外一个祸端。

大约是小学二年级的时候，我在午睡的当口，带着最好的朋友来到了村里的供销社，掏出五元面值的人民币买水果硬糖请客，在同学们羡慕的眼光里沾沾自喜。

没想到,供销社的老头儿,在我们刚刚返回学校后,就去家里跟母亲告了状。那是五元面值的人民币,对于孩子来说,是一笔巨款,就算对于一个家庭来说,也是一笔不小的钱。

我把母亲的三十五元都藏了起来,藏在客厅桌子抽屉的底下。偷藏的动机是,可以花掉这笔钱,买一个孩子所有想要买的东西。但我并不知道,这三十五元钱是母亲所有的存款,整个的家底子。

失去这笔钱的母亲哭泣了三四天,她哭得越伤心,我就越不敢承认自己拿了这笔钱。

母亲问我:"到底是谁偷了我的钱?到底是谁?"

我不敢承认,也不敢否认。直到供销社老头儿告发了我,心里才一块石头落了地——找回这笔钱剩余还没被花掉的三十块,母亲可以不哭了。

许多年后我才明白了这个事情带来的灾难性后果,母亲因为这件事情,和大家庭里的许多人吵了架,她觉得是别的什么人偷了这笔钱,却没想到"家贼难防"。

整个青少年时代,我一直觉得,是因为这件事,母亲对我彻底失望了,才选择了改嫁出走,离开了我们兄妹——这件事带来的内疚感,远远超过其他一切恐怖事件加在一起所造成的创伤。一直到现在,我都不敢和母亲谈这件事情。

母亲,不知道您是否已经原谅了我,如果是,请告诉我您是什么时候原谅了我。

只有繁华才能遮掩落寞

我喜欢住在繁华的地方,道路整洁宽阔,高楼大厦,人群汹涌,夜晚的时候霓虹灯闪烁。仿佛只有这样，才能把在大埠子时积存于骨子里的落寞与恐惧掩盖掉。

大埠子带给了我太多惊扰，这个村庄在我童年时期总会不断地发生各种稀奇古怪的事情。

比如有一年大旱，南村的一口废弃水井，被重新打开了盖子，有人放下水桶，想尝试一下看看能不能打出水来。

水桶被绳子坠着落了下去，由于太深，打水的人没听到落水的声音，但向上拉绳子的时候，却沉甸甸地感觉到了重量。他很兴奋，觉得肯定打到水了，哪知道，当水桶从阴暗的井底重新回到光灿灿的阳光下时，桶里竟然是半桶大小不一的蛇。

闻讯赶来的人们包围了水井，有的拿石块或棍子砸，有的则用手去捉，有人还喜笑颜开地说晚上有菜下酒了。

但很快，这种热闹景象被恐惧所取代，一桶桶下去，再一桶桶上来，桶里都是蛇，几十桶了，那些蛇仿佛无穷无尽，源源不断，不知道它们从哪里来。蛇在地上乱爬，有的很快无影无踪。

几天后的一个傍晚，我们一家人正在屋檐下晚饭，一只冰凉的蛇掉了下来，掉进了粥碗里。听说，村里有的人家，睡觉的时候觉得被窝里有些凉，伸手一摸，拎出来一条硕大的蛇。

从那时候起，逃离大埠子的愿望就种下了。

那个小小的村庄，曾吓破了我的胆子，也在壮大我的胆子。从大埠子走出来之后，很少再为什么事情感到恐惧过，也能抗过一般量级的挫折与打击，如果这算是大埠子送给我的礼物，那也是一份很特别的礼物吧。

这三十年来，每年都要回大埠子一两次，但无论多晚，都要离开那里到县城去，不愿意在大埠子过夜。担心黑夜到来的时候，夜色所带来那种久远的、令人生畏的气息。

　　曾花掉很长一段时间，与童年的自己不停地交谈，我知道，最终还是选择了拥抱自己，与自己实现了和解。但对大埠子，还是无法做到彻底的释怀。

屠夫与诗人

我一直希望成为那辆三轮车的驾驭者，虽然那辆车已经很破，发动机抖得厉害，并且经常打不着火。可是我还是想。

六叔开着那辆车，很神气的样子。穿过县城大街的时候，他把油门踩得很大，以至于刹车时不得不站起来，猛地踏下去，然后听见刺耳的刹车声，轮胎与柏油路面摩擦的焦煳味也迅速地弥漫开来。

有一天晚上我把它偷了出来，一个人推到巷子外的马路上，但是不知道怎么把它打着火。我拎着摇把研究了大约十分钟，很快找到了窍门。

晃着我的膀子，三轮车喷出了黑烟，我把自己想象成浪漫主义时代的最后一名骑士。上车、踩刹、挂挡、加油、松离合……三轮车闷闷地蹿了出去。

车子在拼命地晃，所以我也得拼命用尽双臂的力量来把握它，虎口生痛。兴奋和激动掩盖了忐忑和害怕，我的三轮车在天刚黑下来的县城里跑了三圈，最后安然无恙地返回家。

会开车，就等于成了男人。

现在应该来说说我和六叔的生意。我们每天开着三轮并非是去兜风，而是为了全家的口粮去奔波——我们做的生意是：买猪、杀猪、卖猪肉。

我六叔是个有点莫名其妙的人，我爱看六叔那莫名其妙的样子。忘了说了，那年我十七岁，我六叔二十一岁。

那时候，天不亮就要起床的。我一直认为，没有什么比在睡得正香的时候被逼迫着起床再痛苦的事了。所以现在我很爱睡懒觉。

夏天还好一点，三两下就可以将衣服穿上。冬天……不说了。男子汉大丈夫岂能怕冬天穿衣？何况六叔已经在门外摇响了破三轮，如同吹响了上战场的号角，想躲是不可能的了。

寒风凛冽，世界一片寂静，我们的三轮车在黎明前的夜色掩护下，驶出县城的柏油路，驶向两旁站满大杨树的村庄。

车熄火的时候，天刚好亮了。我到现在也没弄明白六叔怎么会把火候掌握得这么好。后来六叔悄悄告诉我，如果来得早了，喂猪的还未起床；来得晚了，喂猪的早就把猪喂得肚满肠肥了，难道你愿意花大价钱买那一大堆猪大便？

干一行讲一行，看来六叔的眼里只有猪。

我很佩服六叔对猪的研究，他甚至只看一眼，就能知道这头猪几斤几两，能出多少净肉，能有多少盈利。我就不行。要让我看出来一头猪有多重，非得看得我眼晕不可，然后估出来的重量不差一百也得差八十。

不过我也并非无特殊才能，否则怎能在这个特殊的行当里混饭吃？至今我想那个村子里的人还应该对当时我的英雄行为记忆犹新。

因为我抓住了一头猪。

事情是这样的：有一天早晨，我和六叔到一个村子例行抓猪。一番考察之后看中了村西一户人家的大猪。是的，很少见的大猪，而且比较矫健，因为保养得好（吃吃睡睡），养尊处优（脾气比较暴躁），三提两捉猪先生发了火，来了个躲在墙角说不出来就不出来，打死也不出来。

最后我们的绝招使出来了，也就是传说中的"绳套法"。据六叔说，这个办法一般非遇到顽固分子不用的，因为很容易让大猪当场窒息死亡，猪肉味道就不那么鲜美了。

六叔爬上了墙头，张着接好的绳套蹑手蹑脚一步步逼上前去。事实证明他的做法是多么的错误：大猪一个箭步蹿了出去，六叔一个跟头摔下墙来。

于是，大猪在小院里上演了一场生死时速，疯狂地跑啊跑。估计一生的路全让它跑光了。

还好，六叔没有摔着，但他的暴脾气却被点燃了。我深深地替那头猪惋惜，因为它的不合作，六叔的飞刀砍在了它的屁股上。

猪长啸了一声。猪也会长啸，那要马做什么。但的确是啊，猪长啸了一声，因为它发疯了。

它不顾一切地向大门外冲来。或许经过这么长一段时间的折腾，它终于明白外面的世界也许是安全的。看得出来，它并不在乎我的存在。

我站在门口，脸色发白。如果我知道自己还有时间躲开的话，我一定会躲的，但我已经没有时间考虑了。

弯腰，抄手，就这么两个简单的动作。大猪在空中转体90度，很响亮地摔在了地面上，这时它已经彻底丧失了挣扎的勇气。我也就自然而然做了一回不值得一提的英雄。

我拍拍手，喊："来人哪！把这厮给俺绑了！"

大家都笑了，刚才紧张的空气一片轻松。几个帮忙的小伙子七手八脚把猪扔进了三轮车。

记忆里值得自豪的事情只有这一件，所以叙述得比较轻松。

接下来就是我琐碎的生活。

一般把一大车挤得哼哼唧唧的猪猡拉回家，差不多就是下午了。实在不愿意与这帮不讲卫生的家伙为伍，所以回家的路上，我只好爬到用钢筋焊成的车棚上。六叔开得慢的时候，我会摇摇晃晃地站起身来，检阅似的凝视前方的道路。

我从未想过我的未来。

把猪赶进圈，我可以有三到四个小时属于自己的时间。会洗一个澡，然后到街上去，经过巷口的时候，会买上一包两元钱的"哈德门"香烟。

我现在不抽烟，但不证明我没抽过烟。真正的抽烟应该是这样：深吸一口，用舌头压进口腔，然后让烟雾吞进肺里，透过某种渠道然后从鼻孔里再出来……

那时候"美女"这个词不像现在这么烂大街。女孩儿也没现在这么张扬，逮谁说爱谁。她们都很漂亮，一种我现在无法再用词汇描写的漂亮，而且喜欢在黄昏的时候出街，展示一下她们的小碎花棉袄或者短得不算很过分的裙子，让像我等之类的半大小子免费观赏。

我就常常盘腿坐在街边的红白两色护栏上，低着头，抽着廉价的香烟，头发很长，这样刚好可以垂下来，自我感觉良好。被一个女孩儿盯了一眼，心里便直高兴。

也朝人家弹过烟头吹过口哨什么的，不过可能怎么看也不像痞子，动作也不算大胆，顶多被骂句"小坏蛋"了事，有时甚至还能得到含情脉脉的一笑。

说真的，我很想追一个做我的女朋友，但是那时我真的很自卑。

"你一杀猪的，追女朋友？"我经常这样嘲笑自己。

就像我嘲笑自己写诗一样。对了，你没有看错，我写诗。

我不否认自己是一个杀猪的，但杀猪的也有写诗的权利。

"你一杀猪的，还写诗？老老实实烧你的杀猪锅去吧。"

所以有一天，我把写了几年的诗全扔进杀猪锅底下烧了。

如果那头猪在天有灵，或许会觉得自己死在一个后现代主义诗人手里是一件很值得骄傲的事情。

在天黑进家门之前先把烟头掐了，因为我知道一场杀戮运动即将开始，我将穿上皮靴，扮演杀手的角色。

不对，我不是杀手，我顶多算是帮凶。真正的杀手是六叔，我从来都不愿意把雪白的刀子插进猪的喉咙。

我做的就是解构的活儿。简单地说，就是把杀死的猪进行分割，瘦的放一起，肥的放一起，骨头放一起。

现在到超市去买肉，我只需扫描一眼，就能立马判断出我将要购买的猪肉出自猪的哪个部位。因此有的人对我崇拜不已。

那就是当时练下的基本功。

这样的工作通常要进行一夜。冷冰冰的天气，亮晃晃的刀，刺骨的寒风……有时候很羡慕那头躺在热水锅里的裸体猪，临死还能躺在热水里，真是幸福。

困极的时候，锋利的刀刃会毫不留情地割破手指和手背。时间一长，两只手上，刀疤摞刀疤，看上去甚是不动人。

实在忍受不住便跑回屋里躺一会儿。那一点点时间无异于身处天堂，酣香的睡眠比任何东西都珍贵。但只要外面一有声音，即使做着再美的梦也要跑出去，继续工作。

我觉得一生要受的苦都在那一个个重复无止的日子里受够了。

很困，很冷，很痛苦。

天亮了，院里猪体横陈。发动我们的破三轮，装车，要在清早的时候送到30公里以外一个叫李庄的冷库里。

虽然穿着大衣，但 30 公里的路程足以使一个人冻成冰棍。排队、验货、过秤、取钱……一切结束了。驾上三轮车，我和六叔逃亡一样地呼啸着飞奔出门。

六叔开始表演他的飞车绝技，我在车厢里张开双臂，就像贾樟柯电影《小武》的那幅海报。

因为赚钱了，因为可以回家睡觉了，因为可以……

因为可以大吃大喝了。通常回家的路上我和六叔会去一家路边的小饭店。因为相熟，六叔会把留下的一块好肉扔给老板，然后不用很长时间就会有香喷喷的酒和菜上来。

这时我最爱听的一句话就是六叔带点儿恶狠狠的味道说："来，浩月！喝！"

在这时候我们完全是平等的。如果时光可以倒流，你会看见两个差不多大的男人在那里大碗喝酒，大块吃肉，很像草莽英雄。

那个年长一点儿的是我六叔，那个年轻一点儿的就是我了。

我想我生命里的那点儿豪爽全部是那时候培养出来的。

在鲁南的一个叫李庄的小镇里，我以一个杀猪佬的身份在那里胡吃海喝着，没有一点儿思想，觉得自己像个白痴。

自从不再上学，自从烧掉了那些应该烧掉的东西，我就开始逼迫着不给自己留下一点儿思考的时间，有活儿时干活儿，没活儿时上街唱唱卡拉 OK 打个架什么的，很快乐。

我不知道最后是什么让我恢复了本性中温柔和宽厚的东西。也许是爱情，也许是家庭，也许是其他的，但那时候，我心里的确生长着一种很凶猛的东西。

比如——

那天我和六叔像往常一样起得很早，准备到一个比较远的村子去收猪。

天没有亮，车子开在野外。灯也坏了，时亮时不亮。所以开得比较慢。

我们根本没有想到居然有人会在黎明的时候打劫。

打劫一般在半夜才更具可信性，成功和逃脱的机会也多一些。所以当那些笨贼一出现时，我就在心里嘲笑他们了。

不是四个人，是五个?我也不记得有几个了，影影绰绰，人高马大。

"停车，下来。"那语气倒有点像交警队的，但声音压得很低，因此显得很恐怖。

"你们是干吗的，我没有钱。"六叔说。六叔说谎了，谁说他没钱，买猪的上万元钱就装在他的上衣口袋里。

"少废话! 以为我不知道，没钱出来这么早干吗? 快点拿出来! "

"没有，真的没有。我们早起拉粪的。"

"动手! "这几个浑球真浑蛋!

"别忙，不就是要钱吗? 我这里有。"我从六叔背后站出来。

六叔狐疑地看着我，本能地把我往后拉。

"我拿给你们行吗?"我的声音一定很温柔，因为他们居然相信了。

说话声音温柔的人一定不要相信他，因为你已经给了他暗算你的机会。

我把手伸向腰里，那帮蠢蛋一定认为我掏出的是鼓鼓囊囊的人民币。可是我确确实实掏出了一把手枪。

"嗵! "沉闷的声音伴随着火红的火苗，紧接着是一个人杀猪般的号叫:"我的腿，腿，我的腿! 啊——"

其实它算不上一把手枪，它只是由发令枪和钢管精心焊接组装而成。它火力大、杀伤力强且工艺简单，坚固耐用，价格不贵，一百块钱足以搞定。唯一的缺点是只能发两枪。

"快滚!"我把自己最难听的声音从嗓子里逼了出来,"拉回家看看还有没有救。"

"跟他们拼了!"一个丧心病狂的家伙吼着。

我真的有点害怕了,因为我只有一枪了,而且还不敢保证它会不会哑火。

"六叔,还不把你那把也拿出来,还等啥?!"

六叔恍然大悟,急忙做掏腰状。

狗怕弯腰,狼怕掏腰。更何况他们还不是狼。很快他们便逃之夭夭了。

那支枪在"严打"的时候,我主动交给政府了,所以没有得到处理。

说真的,那时我只想过平静的生活,安心地杀猪赚钱,娶一个漂亮的乡下老婆,就这样算了。

但后来我的思想发生了一点转变。说来人真是不可捉摸。有时认定了自己是个窝囊废,有时又觉得自己还不是那么甘于平庸。

我的转变也完完全全因为一件小事。

那是夏天,我和六叔去村里收猪回家。半路上,六叔停下车来问我:"你渴不渴?"

"干吗?"

"我知道这里有一片黄瓜地,去嚼几根吧。"

"去就去!"

那时我的思想境界远没有现在这么高,也没有在嚼完人家的黄瓜之后在田埂上压几块钱的觉悟。

我和六叔就坐在人家的瓜地里,用河水将黄瓜洗干净,大口大口地吃了起来。

车停在乡村大道的中央，月亮悬挂在天上，虫子在草丛里鸣叫着，我和六叔在嚼着味道并不怎么好的黄瓜。

我突然哭了起来。

我不想就这么嚼别人的黄瓜，我不想一辈子做一个杀猪的。

六叔慌了，连声问我怎么了。

我在月光下的黄瓜地里痛哭了一场。

然后我对六叔说："我不想杀猪了，我要去上学。"

那晚的三轮车是我开回家的。我知道这是我最后一次开它了，所以我开得很稳。猪们躺在车厢里肯定很舒服。

把猪赶进圈，天一亮我就上了街。给自己买了从里到外崭新的衣服，而且内衣全部是雪白的。

然后把自己泡在浴池里，几乎用光了一块肥皂，把指缝都洗得干干净净。

我身上是清香的肥皂的味道。

穿上衣服，我看着镜子，那个人，头发湿漉漉的，穿着雪白的衬衣，文质彬彬的样子，完完全全不像一个杀猪的。我笑，镜子里的人也笑。

一个月后我重新返回校园。从此告别了我的屠夫生涯。

我不知道，如果不发生黄瓜地里的那一幕，我是不是还在乡下做一个杀猪的。人的成熟在一瞬间就完成了，因为在那一瞬间，所有的痛苦纷至沓来，悲观和绝望逼迫着你不得不去思考：这样的生活是不是你想要的生活。

当然，永远做一个杀猪的不是我想要的生活。

有许多次，我对问起我青少年时期的故事的姑娘说："我曾经是一杀猪的！"她们都笑得前仰后合。

两个酒鬼的故事

我六叔比我大四岁。

前段时间他带一堆朋友来北京,酒桌上他对朋友介绍说,"我跟他从小一起玩到大的,跟兄弟似的……"

我打断了他:"不会说话就别说。"

很小的时候,我对六叔就有一些敌意。因为家里人常说六叔吃过我母亲的奶,我对六叔的行为却颇为反感,虽然那时他只有三四岁。

这还是次要的。很多人对童年时欺负你的那个人记忆犹新,六叔就是一直在欺负我的那个人,仗着比我大几岁、长一辈,对我的态度用"飞扬跋扈"这个词形容一点儿也不为过。

童年的心里觉得最恨的人就是他。

记忆最清晰的是我上小学五年级的那年,因为不喜欢学校而索性逃学的那天,我在电影院看了一天的电影,天快黑了的时候才回家。

那时我和六叔住在一屋。推开门的时候,他正气呼呼地躺在床上。

从始至终我都没有说一句话。

"在门外边等着。"他的声音闷闷的。

十分钟后,我等得快不耐烦了,他才穿着拖鞋走出来。很威严的样子。

"去哪儿了？你?!"他问我。

我把头偏向一边。

"是不是没去上学？"他突然暴怒，"你跪下！"

"有这么严重吗?!"我在心里不屑地"嗤"了一下，居然被他看了出来。

他一脚踹在我的腿弯上。我知道我适合当兵就是因为他这一踹，因为我并没有被他踹跪下。

我微笑着看着他，嘲笑他与这个事件并不相称的火气。

家里其他的人围观着，显然也对我的不争气报有怒气。但我宁愿相信，他们是想看到一个小孩子是如何被另外一个小孩子制服的。

六叔从屋子里拿出一根木棍，削得亮光光的，肯定花费他不少时间。

"跪下。"在没有进一步威胁的情况下，火辣辣的疼痛就从我的腿部传上来。

于是，我跪下来，在一个只比我大几岁并不比我高多少的人面前。屈辱和眼泪同时汹涌而下。

后来我常常后悔，我宁愿承受身体的疼痛也不想自尊被如此地践踏。虽然他是我六叔。

我想如果事后他能表现出一点点的愧疚，我也许会原谅他，但他没有。

我有了发呆的习惯。幻想中的世界是五彩斑斓的，不等同于这残酷的生活。时常走神使我看起来有点恍惚。心里的积怨让我变得对任何人都很冷漠。

当然六叔是首当其冲。

他开始敲打我的头："你脑袋是不是上锈了你？"

在这样问我的时候，他会随时拿起某种东西敲打在我的头上，比如勺子、笤帚、筷子等等。

我不躲，也不提异议。但我心里的凶猛动物一样茁壮生长着。

事情终于有了爆发。有一天吃饭，我抽了一下鼻子，六叔用刚盛完饭的勺子一把敲在我的头上："抽什么抽?!"

我平静地走到晾绳边，找了毛巾把头擦干净后又坐到饭桌边。

本来像平常一样敲完就完了，这时一件可笑的事情发生了，他自己也抽了一下鼻子。

我忍不住"嗤"地笑了一声。

对六叔来说，没有比这更尴尬的事了，他绰起一把笤帚没头没脑地敲起我的头来。

一边敲，一边说："让你笑？让你笑！"

我蓦地站了起来，我的鼻子几乎就要触到他的鼻子尖，我恶狠狠地说："不要敲打我的头，我告诉你！"

他惊诧了，后退了一步："你说什么?!"

我又重复了一遍。然后一步跨出家门。那夜我彻夜未归。

六叔不再敲打我的头。不是他不想，而是他不敢。

因为第二天清晨我回家的时候，他看见了我头上的血迹。

"怎么弄的？"他问。声音小小的。

我把头放在脸盆里，洗掉额头上的血迹，然后抬起头静静地对他说："和别人打架打的。"

他后退了一步。不相信的样子。

"在哪里？"

"在电影院，和四个人。"我冷冷地说，"不过，我没有输。"

六叔好像要说什么，但欲言又止，然后就进了自己的屋子。

从此之后他再没有对我动过手。

二十四岁那年年末我结婚了，在六叔眼里我成了个像模像样、意气风发的人物。而经过生活的磨砺和几次不大不小的挫折，刚刚三十岁的他，已经变得像大多数农村这个年龄段的人，纯朴、胆小、脾气暴躁。

他酗酒的毛病一直没有改。我爷爷一直说，他们家出了两个酒鬼，一个在外面整天喝得醉醺醺的，一个整天在家里喝得醉醺醺的，在外面的那个是我，在家里的那个是六叔。

但我和六叔从来都不在一起喝酒，我和他一直有距离感。

见面打的招呼都是生硬的。

我六叔有个毛病，喝酒后爱闹事，常常和六婶或者家里的其他人闹得不可开交。还常常闯祸，不是打碎块玻璃，就是踢坏一扇门。

我没携带妻儿逃离家乡前，和六叔住在一个院。每每六叔闹事，妻让我去劝劝他时，我都会说："他爱怎么样就怎么样，我不管。"

可有一次实在闹得不行，我忍不住冲进了他屋里。

"你到底有完没完？深更半夜的你折腾什么？"我声色俱厉地对他说。

他醉眼迷离地看着我，磕磕巴巴地对我说："你……在跟谁……说话？你……我……可是你，六叔。"

说罢就要上来揍我。他近十年没犯的毛病又犯了。

我和六叔开始了第一次的交锋。这时候我已经不是个小孩子，而是比他更年轻有力的大人。

我抱着他的腰，一次次把他摔倒在地上。

但是只要我一放手，他就马上会爬起来。于是我便揪住他的头发，把他按在沙发里，只要稍有反抗我就用手掌摁住他的头。

"别打我的头。"他悲痛地喊着我的名字，"别打我的头，我头痛。"

"以后还喝不喝？"我问他。

"你先管好你自己再来管我，你这个浑蛋！"他骂我。

"还骂？"我用沙发上的抱垫去堵他的嘴。

"我知道你记恨我，小时候我经常揍你，但你是我大哥的儿子，我不揍你谁来管教你。现在你这个浑蛋行了，你可以揍我了，你不让我喝酒，可是你他妈的每天喝得比我还多，你怎么不管你自己一回？"

他对我说他遭受的苦、他的压力，还有他永远也说不明白的委屈。他说如果有我父亲在，怎么也轮不到以前他打我，现在我打他，也不会有那么多的苦日子来折磨我们。

"大哥，大哥啊……"他哭了起来。他的大哥是我的父亲。

直到我也哭了。

我拍打着他的头，轻轻地。他的头发乱糟糟的。他是我六叔。

所有对他的怨恨在那一刻全部消失了。

2000年3月举家出走他乡，在家门口，就要登上送我的车的时候，一直抱着我儿子的六叔叫住了我："浩月，你等一下。"

"有什么事吗？"我问。

他拿手拍打了一下我的头，没有一点儿犹豫，也不顾现场有那么多的人，像以前那样的霸道。

我也拍打了一下他的头。

我们都笑了。

陌生的母亲

习惯了和母亲告别。每一次,我们母子二人分开,谁也不回头再看一眼,我也不是刻意狠起心肠,只是习惯了告别。

许多年以前,一直有个问题想要问她,你为什么要离开我们。这个问题在我三十岁之后,就再没有任何想问的念头了。小时候不懂大人的世界什么样,等自己成了大人,那些小小的问题,还有什么需要问的吗?

童年时刻骨的伤痕,有一部分来自母亲。有一年需要交学费,我在一个水塘边跟她要钱,不敢看她,仿佛自己在做一件错事。她说没有,我一直盯着那片池塘绿色的水纹在看,觉得世界坍塌,时间僵直,万念俱灰。

母亲走了又回,回了又走。每次回来的时候,都说不会再走了,她在院子里看着我的眼睛说,这一次我不会再走了,我的心里欢呼雀跃,却表现平淡,最多说一个"好"字。当她第三次从她改嫁的那户人家想要回来的时候,被挡在了紧锁的门外,那天下了大雨,她跪在满是泥水的地上哭。

以为她不会再离开我们,但几个月之后,她又无声无息地消失。从此不再相信她。但也知道,她有自己的苦衷,一个失去了丈夫的女人,在一个不但贫穷而且不讲理的大家庭里,想要有尊严地活,是多么艰难的事。

以为是恨过她的，但根本就没有。对别人都不会有，何况对她。在我那奇怪的童年里，脑海里被混沌与奇思异想充斥着，没有恨意成长的空间。当然也没有爱，不知道爱是什么样子、什么味道。活得像棵植物。

在我漫长的少年时代，与母亲再无联系。整整十多年的时间，音信皆无。她是怎么过的，我不知道。中学时，有同学问到父亲、母亲，通常选择不回答，如果非要回答，就会用淡淡的一句："都不在了"。

我盼望母亲会突然来看我。像小说或电影里描述的那样，穿着朴素的衣服，带着吃的，敲开教室的门，而我在同学的注视下羞惭地走出去，接过她带来的食物，再轻声地赶她走。在脑海里重复过无数次这样的场景，每逢有别的家长敲门的时候，总觉得会是她。

慢慢地，我回忆起来，母亲并不是一点儿也没关注过我。每年去她住的那个村庄给我父亲上坟的时候，她会躲得远远的，在某一个角落里看我一眼。而我不知道她在那里，或者，就算知道，也装作不知道。

二十四岁那年，我结婚。有人问我，愿不愿意让你妈妈过来。让啊，当然让。那时候已经有了一些家庭话语权的我，开始做一些属于自己的决定。儿子结婚，母亲怎么可以不在场。

那是第一次觉得母亲像个慌里慌张的孩子。她包着头巾，衣裳俭朴，略显苍老。我喉咙干涩地喊了声许久没喊过的"娘"，妻子则按城里人的叫法喊了声"妈"。母亲显得紧张又扭捏，想答应着但最终那声"哎"没能完整地说出来。

婚礼前一晚的家宴，一大家子几十口人，在院子里、大门外的宴席上，吃得热闹非凡。母亲怎么也不肯上桌，任凭几个婶子死拉硬扯，她还是坚持等大家吃完了，在收拾的时候，躲在厨房里偷偷地吃几口。

婚礼那天拜堂,司仪在喊"二拜高堂"的时候,却找不到母亲了。

客人散去,三婶告诉我母亲在楼上哭。上楼去看她,她立刻停止了哭泣,像个没事人一样。那一刻我意识到,这么多年,仿佛她从没关心过我,我也从未关心过她,这么多年的时光,我们都是怎么过来的? 妻子跟我说:"有你妈在真好,别让她走了。"我说好。但在母亲面前,怎么也说不出口。

二十五岁那年,拖家带口漂到北京。妻子背着我给母亲打电话,说让她帮忙带几个月孩子,还承诺,只要把孙子带大,以后就一定会像对待亲妈那样,对她好,养她的老。母亲来了,我们一家人终于有了真正意义上的一次团聚。

那段日子很苦,母亲跟着我们在暂住的村子里搬来搬去,但是大家都很开心。母亲教育孩子还是农村的那套老办法,把她不到一岁的孙子宠得不像话。我常奚落她:"别把我儿子宠坏了!"

"小男孩儿哪有不调皮的? 越调皮越聪明。"母亲总是坚持己见。

儿子学会了叫爸爸、拍手、再见、飞吻等活儿,自然叫得最熟练、最亲切的是"奶奶"。每到此时,她都异常高兴,从来没见她这么开心过。她有很多民谣,如,"宝宝要睡觉喽,奶奶要筛稻喽。"几乎每一首都和奶奶有关。

有一次妻子略带讽刺地跟我说,瞧你,在你妈面前还撒娇呢。有吗? 有。不可能。真的有,别不承认。我是不承认有的,仔细回想了以后,还是不承认有。也许只是觉得生活有趣,显得过于乐天派了一点而已。

这次是真的以为母亲会永远陪着我们了。但又一次的分别摆在面前。母亲在她的村庄又有了一个自己的女儿,她还要照顾她。要走的前几天,她一遍遍和孙子玩"再见"的游戏。等到孙子睡着的时候,她一句话不说，沉思着，一会儿想想，一会儿笑笑，在我看来，她又成了一个陌生的母亲。

母亲坐上出租车，脸上恢复了那种严肃的表情。也不看我，话也不多，无非是说少和媳妇吵架，少喝酒，多带儿子玩之类的。我尽量表现出无感的样子。这是一位从天而降的母亲，也是一个身不由己的母亲，我已没法，也不能再要求她什么。

又是漫长的十几年过去。时间过得太快，忙着生活，忙着追名逐利。每年能够再见到母亲，就是春节期间。我带着两个孩子，按惯例去给他们的爷爷上坟。在堂弟家门口，母亲会过来，看看她的孙子和孙女。当年她带过一段时间的孙子，如今已长成一个一米七五的大块头。

在那短暂的半个多小时里，妻子和孩子与我的母亲，像任何一个普通的家庭成员那样，平静又愉快地说着话，会笑，会拍打肩膀，会拥抱，再不舍地告别。我在远一些的地方看着，并不凑上前去。还是不知道该和母亲说点什么。也许什么都不用说了吧。

有一次从乡村回县城的时候，母亲与我们同行。我开车开得有些快，母亲晕车，半路的时候不得不停下来，母亲蹲在路边呕吐。

我在司机位上通过窗户看到母亲的样子，内心翻江倒海，那个久远的问题又飘回了心头，母亲，为何我们会成为现在这个样子。

我下车来到母亲背后，默默地给她捶着背，无声地开始流泪。

妹妹的婚礼

2009 年，家里传来妹妹要结婚的消息。我开心地买了票坐上回老家的火车。她那年二十八岁，这个年龄在农村已经属于大龄姑娘了。我不只是为家里的这个"老姑娘"终于嫁出去而高兴，更因为她从此有了自己的生活而喜悦。

想到妹妹，我总有负疚之心。很难想象我们这个有着近三十口人的大家族，最后照顾爷爷奶奶这一对老人的重任会落到她的肩上。其他的儿孙们，有的早就不来往，一年难上一次门；有的各自忙自己的小家，难得上门一次，话只拣好听的说，事却没人做。

奶奶的腿痛起来就要敲墙，住在隔壁的妹妹每天晚上都要起来五六次给奶奶揉腿。大家族里无论长辈还是晚辈们，可以为一点鸡毛蒜皮的事情争吵得不可开交，但没人敢说妹妹一个不是，大家想都能想到，妹妹付出了多少辛劳。妹妹从没有一次怨言，她没说过什么，但我知道，她是在用自己的行动来报爷爷奶奶将我们兄妹三人养大的恩。

妹妹不爱说话，但是聪慧善良。不知为什么在自己的终身大事方面，总是拿不定主意。后来我知道，妹妹的婚事家里的人参与的太多，这个叔叔挑几个刺，那个婶婶说几句闲话，本来处得好好的男朋友就此吹了。知道事实之后我大发雷霆，警告所有人，不准再干涉她的恋爱。

于是,妹妹很快找到了结婚对象,订婚、领结婚证,剩下的就是举行结婚仪式了。不知道她究竟喜不喜欢那个男孩。这么长时间,她好像没有对哪个相亲对象表示过特别的好感或者特别的恶感。她的情感是建立在别人对那个人的评价体系上的,周围人的说法,往往改变了她的选择。我心疼妹妹,她是一个为别人而活的人。

她的青春都耗在了那个家里。几年前我想过带她出来到外面的世界,可最终没有。我觉得欠了她很多,没有尽到一个哥哥的责任。我发誓要将妹妹风风光光地嫁出去。城里的姑娘出嫁该有的,她也要有。我想用这样一种方式补偿妹妹,因为我不是称职的哥。我和妹妹没有过亲昵的交流,每次打电话都是有事说事,没事就挂了。我问到一些她个人的事情,她也常常沉默以对。

妹妹出嫁的前夜,我在外面和叔叔们喝了点酒,回到家里,几个叔家的弟弟都在,很高兴,又在家里喝酒。婶子们在帮妹妹在她的房间里"装箱"。所谓的"装箱",就是把一些花生、香烟、糖果、硬币、点心等等零碎的东西,装到陪嫁的几只红色皮箱里,这些要带到婆家去,用以打发那些闹新房的人。我帮不上忙,就时不时地过来站在边上看一眼,心里有说不出的感怀,更多的是欣慰吧。

出嫁那天的凌晨 5 点,我就起床了,妹妹在民政局附近的一家影楼化妆,我过去全程陪同。8 点 08 分的时候,她出门上婚车,是我和二弟用椅子把她抬上去的。本来按照家乡的风俗,她应该穿着哥的鞋子上车,可我只有脚上的鞋子,没法给她穿,只好用第二种方式了。

为什么要穿哥哥的鞋子,大概的意思是说,女孩出嫁,不会带走娘家的一分土,哪怕是鞋底沾的。妹妹化了妆,很好看。抬她的时候,她用手揽着我的脖子,我很少和她这么亲近,她也很少对我表现出如此明显的依赖感。这时才觉得,真是我把她送出嫁的,希望送她去的是一条幸福之路。

举行婚礼的时候,我一直在边上,用我的手机给他们拍照。这个时候,作为哥哥,应该矜持一些,躲到某个地方做伤感状,可我做不到,我要记下妹妹人生中很重要的一刻,要在这一刻站在她身边。她的出嫁,真的让我放下了心头的一块大石头。

她和她老公敬酒的时候,我对那个小伙子说了两句话,一句是:"对我妹妹好一点,她是最小的妹妹,也是全家最疼的,你要像哥哥那样对她。"一句是:"祝你们恩恩爱爱,白头偕老。"不知道他们未来的生活会怎样,也不知道我妹妹会不会受委屈。生活不就是这样吗,没法预测,只能祝愿。

还好,那个小伙子给我印象不错,老实,恋家。我在回北京的车上时,他给我发了条短信,说:"哥,你放心,我会按照你的要求去做的。"眼泪第一次在我脸上流了下来……

老县医院

一

老石板得有几百年历史了，大块的石头，被磨滑了棱角，所有从此经过的车与人，都得提前做好刹车动作，缓慢地通过。想起老县医院，脑海里第一浮现的就是这个慢镜头。

桥的下面，是一大汪水。不能叫河，不能叫湖，只能叫一大汪水。水是死水，没有来源，也没有去路，但由于面积不小，风从桥下钻来钻去的时候，水面仍有波澜。所谓死水微澜。

水不流动，反而为水葫芦等植物疯长提供了营养。水葫芦从桥的东南角开始长起，最旺盛的时候，可以覆盖大半个湖面，让郊城这个北方小城在二十世纪八十年代，就拥有了难得一见的，也是唯一的一小片南方景观。

黄昏的时候，有人站在桥上钓鱼，有人嗑瓜子，有人看着水面发呆，看着看着就跳了下去——每年至少有一个人跳河而死。救，救不上来，水太深，深处各种枝蔓，人坠入其中，就被抓住了，救人的人呼救不应，一个人死掉就会变成两个人死掉。看到这样的情形，嗑瓜子的人停止了嘴边的动作，钓鱼的人把钓上来的鱼又倒回水里。这鱼，不能吃，喂猫，也残忍。

我几乎不在桥面上停留。因为不敢注视这汪水，怕它把我吞噬。

旺盛的水葫芦我也怕，迄今为止我不喜欢这种植物。初冬的时候，水葫芦干枯成了一堆堆生硬的"雕像"，夕阳照过来，有股诡异的美。在水面远处，据说有死掉的婴儿，会从医院里被丢弃出来，在那片水域底下，有他们冰冷的家。

二

十七八岁，是不是最贴近"青少年"这个称谓的年纪？刚刚摆脱少年的稚气，还没具备青年的那种英武气。视情况而定，需要是少年的时候，就缩一下脖子，把身高降低一点，装小孩，需要是青年的时候，就抬头挺胸，摆出一副大人的模样，假得很。

我第一次进县医院，就是这个年纪。不是一个人进的，一个人的话，无论如何我也不想进这个地方，内心里对医院有种惧怕感。我是陪健健去的，健健是我的好朋友，他喜欢上了医院的一个护士，时常在人家上班的时候，拉我陪他过去打扰人家(他一个人也不敢去)。年轻的护士们在走廊里穿梭，白色的护士服干净得耀眼，她们永远笑嘻嘻的，不知忧愁，也不把我们这两个没病的人当回事。

我只记得医院的走廊和护士值班室，因为她们要么在走廊里，要么在值班室聊天。她们在值班室聊天的时候，健健就会走进去(我在门口等着)，找她喜欢的那个护士，对人家说："去看电影吗？""去打台球吗？""去逛街吗？"有时候胆子野了，就说："谈恋爱吗，你看我怎么样？"健健喜欢的那个护士，用姐姐的口吻对他说"滚！"

具体有没有说过"滚"这个字，我记不太清了，按道理是该说的。只是，因为用了姐姐的口吻，语气里又包含着那种被男孩追的喜悦与无奈，所以非但不会形成威胁，反而成了一种鼓励。被"拒绝"之后，健健又笑嘻嘻地把刚才说过的话，再对下一个护士重复一遍。

我很羡慕健健，有时也想问一个看上去很漂亮的护士："去看电影吗？翻墙进去不用买票的那种。"但开不了口，只是想想就觉得喉咙里像塞了一把芦苇毛。慢慢的，我就不陪健健去县医院了。他自己去。不知道后来约没约出来过他喜欢的人。我猜够呛。

三

我们县有过一所卫校，就是给医院培养护士的那种学校。卫校在县医院北边，距离不远，越过一片荒野，抄近路，就更近了。在那片荒野里，常常会看到未来的女护士，三五成群地结伴去县医院实习。明明都穿着白色的衣服，可在荒野里，却显得像五颜六色的花。

比起已经工作的护士，卫校的学生和我们年龄相仿，说话也不居高临下。健健走过去问他那三大问题的时候，她们停了下来，认真地思考，摇了摇头，说不行，我们得上课，看不了电影打不了球逛不了街。健健说，那我们去田野里烧烤总行吧，带上地瓜、花生，烤熟了，可香了。

女孩子们把脑袋凑在一起叽叽喳喳商量了半天，然后派一个代表过来，说，新年快要到了，那我们办一次联谊会吧，篝火晚会，只是你们两个人太少了，可以多带一些人来。对了，别忘了带地瓜和花生！

地瓜和花生好办，人也好办，健健通知了他的一些朋友，迅速组成了一个差不多十个人的联谊小分队，然后大家又分别去书店选了一张贺卡，写了新年祝语，准备送给各自心仪的女生……紧张而又兴奋的等待之后，约定的时间到了（大约是1990年12月31日下午4点吧），一路人浩浩荡荡地冲到了卫校院墙南边的田野里。

事情的结果是这样的:随着时间的推移,大家的绝望越来越深,天黑了, 一个人也没来,天黑到连星星狡黠的眼神都看得一清二楚了,还是一个人没来,但除了沉默之外,没人伤心,没人难过。大家不约而同走向卫校围墙,在距离大约一百米的地方停了下来,开始有人唱歌:"那一天,送你送到最后,我们一句话都没有说,让……""苦涩的沙,吹痛脸庞的感觉,像父亲的责骂母亲的哭泣永远难忘记……"

健健后来说,有一天,他又遇到了那群女学生,有一个人小步快跑走过来,给他手里塞了一张贺卡。那张贺卡我没见过,不知道是不是真的。

四

老县医院开始改造建新楼的时候,大约是 1992 年吧。在旧病房楼的后边,开始建新病房楼,我以一个建筑工地工人的身份,进驻了老县医院。

工地的老板,是我所在街道的邻居,他胖胖的,有着一双金鱼眼,看着面相和善,但也总觉得有点儿不对劲。他看了看我的身高,说了句,"每月工资八十元,来吧。"

新楼房从无到有,要一点点地盖起。最早的时候,我在医院的工地切钢筋——就是把一盘以盘卷形式拉到工地的钢筋,用手捋直,放在切割机下面,切成半米或一米的长度,用在不同的用途。

冬天寒风凛冽,手上的工作手套被钢筋磨烂了,筷子粗细的钢筋在掌心穿梭的时候,凉意不停袭来,那根钢筋似乎想要与已经不再温暖的手掌黏为一体。我和一个同龄的女孩,在重复着切割钢筋的工作,我负责把钢筋送到切割口下,她负责按下切割铡刀……某个加班的漫长的黑夜，我甚至想，我的一生，就要和这个女孩，永远这样不知疲倦地"切割"下去了。

切割钢筋的场所，恰好就在医院后边那一大汪水的边上，时而有带着湿气和寒意的空气，从水面卷上来，卷到脚边，顺着裤管钻进来，滑溜溜的，让人想战栗，又忍不住有点儿想笑。

偶尔抬起头来，会看见不远处的病房楼里灯火通明。只是看不见里面忙碌的身影。那些好看的护士姐姐们，此刻仍然来回穿梭不停地忙碌着。我再也没有陪健健去过那里。

或是看我干活认真，金鱼眼老板把我安排在了另外一个岗位：电焊。先是跟着电焊师傅学习，没用半个月就掌握了全部的电焊技巧，继而亲自上阵，用焊枪夹着一根根电焊条，让一层层楼的"钢筋铁骨"在我手下拔节而起。后来每每经过那座石板桥，看到老县医院后边的新病房楼，无论身边是谁，我都会用吹牛的口吻告诉他："看见没有，那座新楼，用电焊条一根根焊起来的。"

五

1999 年 12 月，我二十四岁生日就要到来的时候，我的第一个孩子在老县医院出生。

那是一个冬天的早晨，在等待了一夜之后，我听见产房里传来一声嘹亮的啼哭。在确认是自己的孩子降生了之后，我冲向医院走廊的尽头，那边阳光正旺，暖意洋洋。我在亮得晃眼的光线下，用新买的手机给亲戚朋友打电话、发短信，告诉他们我成了一个父亲。

三个月后，我带刚满百天的儿子离开了县城。经过老县医院的时候，深深地看了它一眼。生命的降生与离去，在这里。我的青春的发现与告别,也在这里。

中年之后,有几次做梦,梦见了老县医院,梦见我站在空空的走廊里,没了护士窈窕的身影,也听不到哭声,梦境如墙壁一样洁白。

可我还是愿意,更久地沉浸于那洁白里。

我把这干净也洗掉

一

一只猫在阳光下清理自己。客厅东向,阳台上,只有上午大约两三个小时的时间,能够照射到阳光。

猫是守时的动物,总是在阳光最好的时候,跑在那里进行一天当中最重要的一次清洗工作。

我看着它。它是个男生,可洗脸的时候像女生一样,优雅、细致,它用粉红的舌头打湿前脚的绒毛,然后耐心地洗脸。猫的可爱之处,有一点在于它们是喜欢干净的动物。

透过玻璃窗的阳光依然光亮、耀眼,猫偶尔竖起来的毛发在阳光下根根可见。猫在清洁自己的时候全情投入,对旁边那个坐在马扎上堂而皇之偷窥的人视而不见。

猫那么干净,每次抱完它,我还是会去洗手。

二

在酒店房间里,盥洗间的台面上,一字摆开的东西有:冲牙器、电动牙刷、某一固定牌子的便携式牙膏、刮胡刀、润肤泡沫、润肤露、棉签……

在宿醉中醒来，依次使用上述物品，重复昨夜睡前的动作。不管睡在哪里，不管醉到什么样，都要清洗好自己，再倒到床上。否则对不住那么白的床单。

水龙头一直开着，洁白无瑕的陶瓷盆里，掺杂了胡楂儿的泡沫，牙膏泡沫，随着旋转的水流消失，浪费水的罪恶感，以及看到污浊之物有条不紊消失的快感交织在一起。

每天早晚清洗自己，是一种仪式，其中，早晨的仪式感要稍稍强于晚上。也许每天花在盥洗室的时间，我要多过95%以上的男人，对此我比较满意。

三

在我得到的所有有关恐怖的体验中，不洁净是排在第一位的。我对自己出生村庄的记忆，多数与此有关——暴雨将污泥浊水引向了粪坑，雨停后的道路黏糊糊的，不明黏稠体顺着鞋子上的破洞进入趾缝，每走一步都如同走在敌人铺设的钢刃之上。

村庄里到处都是蛇，数不清的蛇，疯长了各种植物的堤岸上有，喝水的水井里有，居住的屋檐上有。村里的女孩在午夜酣睡的时候，被子里钻进了一条蛇，她以为是妹妹在挠她的脚心，伸手一把抓住了蛇，举到眼前想分辨自己究竟抓到了什么的时候，看到了月光下蛇的眼睛。她吓疯了。

没过几天，一家人在屋檐下晚饭，一条蛇从檐顶掉了下来，刚好掉进她的粥碗里……三十多年后我看到她，她眼神里仍然有惊恐的意味，那种惊恐是冷的。

每个孩子的家长，有时候是父亲，有时候是母亲，会从那些蹲在道上蹲了许久许久不起立的孩子的屁股后面，扯出一条白白的虫子。孩子们都瘦，虫子却是肥硕的，它们是孩子吃了"宝塔糖"之后的牺牲品，它们被消灭了，可留在我心里的脏却没有消失。

我童年想的最多的事情之一，或者说，那颗可怜的脑袋最为困惑的问题之一是，我的出生是不是也是肮脏的？

不然，我的童年里，为何总是黑夜比白天长，雨天比晴天多，哭声远远笼罩着笑语，不然，我的父亲为何会死去。

在诸多的肮脏中，死亡排第一名。我总以为父亲的死与我有关，那也是我觉得自己脏的原因。

四

我父亲是干净的。

他的相貌是，他的生活是，他的爱情也是。我总想象父亲会在晴天的日子，把他唯一的白衬衫，奢侈地用一小把洗衣粉洗得干干净净，晾晒在院子里的黑铁丝绳上。

黑铁丝是脏的，他的白衬衫总是会留下一道痕迹。我讨厌黑铁丝，但觉得那道痕迹并不影响父亲的白衬衫那么干净。

我不记得父亲给我洗过澡。但他肯定这么做过，天下怎么可能会有不给儿子洗澡的父亲？把一个哭泣了一天的孩子，放在温暖的水盆里，迅速地搓洗干净，用干燥的毛巾简单地一擦，放在棉被的中央，轻轻地裹住孩子，那时的父亲，最有父爱的样子。

我父亲爱我母亲。这让我觉得他是干净的。

爱会让一个人干净，哪怕他生活在被尘土、浓烟、粪坑味道包围的环境中，他也会散发着清洁的气息。我的父亲，有时候我想，他简直是我出生的那个村庄的一道闪电啊，他闪一下，那些细菌啊、蛇啊、虫子啊都通通不见了，然后那亮光缓慢地暗下来，暗下来，如同午后最后一抹阳光，温暖但不灼人。

我长大后，像父亲那样爱过一个人。每当我觉得自己脏的时候，就用这个办法从内心里清洁自己。

五

"我们都是有病的人。"我儿子的干爹韩歆有一次这么说。

"你才有病，我没有。"我这样回他。

他所说的"病"是洁癖，他有比较严重的洁癖，而我只是轻微地有一些，许多时候这轻微的一点也没有。我把我的病治好了。

他到我家，有专用的单人沙发。那把尊贵的、价值四五千元的、我家最奢侈的家具，平时摆在墙角，他来我家喝酒的时候，扯出来给他用。他的外衣只搭在这把沙发上。有时候我经过，手不小心碰到了他的外衣，他干了一杯酒之后小心翼翼地说："你注意一下。"

我不注意。到他家做客的时候，我走来走去，抽烟，用他家的洗手间，嗑瓜子掉在地上……我故意的。

我要治你的病。有时我们玩文雅一点的游戏——词语接龙，酒再多一点就是粗俗一点的游戏——划拳，赌注是对方小盘留的剩菜，谁输了，就去对方菜盘子里夹一筷子菜吃掉，花椒粒也行，辣椒皮也行。恶趣味吧。但愿赌服输。

有一次韩歆的女儿过生日，孩子有主意，用桌子上的各种菜汁，以及喝剩下的各种饮料——白酒、红酒、啤酒、果粒橙、雪碧、可乐……混杂在一起，调制成了一杯黑暗料理，谁输了就喝一杯。那天我们各自喝了至少三杯,每次皱着眉像喝毒药那样咽下一口,就会换来孩子们集体的鼓掌欢呼。

孩子们都跑出去玩耍了,我和韩歆醉醺醺地守在桌子边继续喝酒。我问:"病治好了吗?"

他抽着烟看着窗外,没回答。

六

想起一首诗,作者记不得是谁了,但隐约记得诗句,他大概是这么写的:我不停地洗手/用洗洁精洗/用香皂洗/找黑亮的墨水洗/找天上的雷声洗/用坚硬的石头洗……

那首诗是这么结尾的:直到有一天/我把这干净也洗掉。

我把这干净也洗掉,我把这干净也洗掉,这句写得多好。

我穿白衬衣,喜欢明亮的、地面一尘不染的大商场,热爱永远散发着香水气味的酒店,用酒精湿巾擦拭飞机或者高铁上的座椅,用消过毒的白色杯子喝咖啡,用透明的杯子喝过滤后的纯净水,内衣每天一换,床单每周一洗,用微波机清洗眼镜,一天当中二三十次洗手……什么时候才能做到,把这干净也洗掉?

我拿这个问题去问猫,猫懒懒地看我一眼,跑掉了。

第二辑

一个被撕成两
半的人

故乡与一切有关

故乡与中年：唯有故乡能让人变成少年

2018 年 4 月，我有了一次很特别的"故乡行"，是带着我们六根的其他五位成员，一起访问我的家乡：山东省临沂市郯城县。郯城处在苏鲁交界地，以前我总觉得它是个地道的北方县城，但最近一些年，越来越觉得它也有南方小城的味道，因为它的春天总是比我现在居住的北京要来得早，冬天城里野外也总是有绿色植物。

我们的六根成员，除了我之外，还有李辉、叶匡政、绿茶、潘采夫、武云溥，都是前媒体人，现在都是自由职业。两年前我把这几位认识了一二十年的老友带回家乡之前，心里是很忐忑的，总担心自己的家乡不够好，会让朋友们失望。但当飞机降落，坐上中巴车往县城赶的时候，那份忐忑就消失了，再也没出现过，因为我觉得，好友之间互相访问彼此的家乡，是带有情感温度的，这种先入为主的情感温度，会抵消陌生，会具备天然的亲切感。

事实上也是如此，在郯城的那两天，我们六个人玩得还不错，拜访了据说有三千年历史的"老神树"，观察了发生于 1668 年 7 月 25日晚 8.5 级大地震的遗址，行走了发生过马陵之战的马陵山……印象最深的是，六个人在大地震遗址旁边的麦坡上奔跑，在麦地边合影留念，六个人多是四十到六十岁的人了，但那一刻在春风里心无旁骛的样子，都像是少年。

这些年每当回老家过年，都有一个越来越清晰的观点：只有在故乡，中年人才能找到少年的样子。2015年我出版过一本书《错认他乡》，在这本书的序言里我写了一个故事：有一年春节前的雪夜，我和几个少年时的朋友喝醉了酒，在深夜里的大街上滑雪，摔倒之后眼鼻喉中都是家乡的味道，团了雪球去砸中学同学的窗户，喊他下来继续去喝酒……这篇序言中有一句话，我觉得值得抄录下来："多么的狂妄肆意，也只能在这个地方如此，在别的地方不敢。不敢，是因为别的地方不是故乡。"

写出这句话的时候，我已经在北京生活了十五年，这十五年的大多数时间里，其实都还是蛮紧张、焦虑、战战兢兢地活着，尽管表面不怎么能看得出来，但内心里还是时常在提醒自己拥有一个"异乡人"的身份，哪怕自己一时没意识到、暂时忘了，所居住的城市也会用它独特的方式来提醒这个"异乡人"身份的存在……一个人在一年365天的时间里，差不多有360天都是异乡人，只有回家过年的那一周左右的时间，才能找到身在故乡的坦然与放肆，自然会很珍惜。在故乡的街道上，漫无目的的散步，是我最喜欢的事情，因为这么做的时候，我在会那条熟悉的街上，和十多岁的自己相遇。

故乡与文学：美好与疼痛总是并存

我是在故乡开始学习写作的。第一次从乡村移居到县城生活，县城的"繁华"把一个少年击倒，他从未拥有过的城市生活，让他发了一场高烧；县城的电影院和歌舞厅，让外面世界的花花绿绿，挤进了这个小城；入夜后的县城街道铺满了月光，骑着自行车把午夜明亮的街道走了一遍又一遍，这是我乐此不疲的事情；第一次从街边音像摊买到了迈克尔·杰克逊的两盘磁带，回到家中把录音机声音开到最大，惊为天人……这些细节，都是我的文学启蒙，在无形当中，县城生活与县城文化，塑造了我的文学人格。

从一名文学爱好者，成长为一名职业的写作者，故乡一直是我一个重要的写作主题，我的故乡写作历经了三个阶段：第一个阶段是逃离之前，写的是故乡生活的散漫与诗意，充满了自我美化与自我感动；第二个阶段是远走他乡后的背叛，写故乡一些不尽如人意的地方，用一个城市人的眼光对故乡进行批判；第三个阶段是疲倦之后的回归，"你曾经从故乡连根拔走，如今又贪婪地想再次把故乡据为己有"，一位豆瓣网友的留言，一语道破了那些想要重新逃回故乡的人的心事。

在这三个阶段的写作过程中，相对好一点的作品，出现在第三个时期，这一时期的文字之所以能让自己稍微更满意一点，不是因为人成熟了、文字技巧娴熟了，而是因为看清楚了自己，与自己和故乡都实现了和解。还有一点很重要的是，不再用非黑即白的标准，来对待自己与故乡的历史，发现了人生与社会的运转真相，明白了一些人、一些地方的不容易。一些读者觉得我现在敢写、敢下笔，其实这并没有什么难的，你只要经历了前两个阶段，并且产生了思考成果之后，也一样会把自己的眼光和笔变得锋利起来。

无论是现实中的故乡还是文学里的故乡，美好与疼痛总是并存的。莱昂纳德·科恩说过一句话："万物皆有裂痕，那是光进来的地方。"对于故乡的正反面，我的诠释是，只要有光亮的地方就一定有阴影存在，我们不能一直站在阴影里，而是要走出阴影尽可能更多地站在光亮的地方。故乡曾让我在过去的三四十年中一直是一个忐忑的人,而现在,在故乡,我可以做一个坦然的人。这样的变化,宛若新生。

故乡与作家:永远会有矛盾与冲突

对于一名"70后"来说,文学层面的故乡观念,受到过两个时代作家的影响。一是民国时期,一是二十世纪八十年代。

民国时期的作家中,很多人写故乡都给人留下过深刻印象。比如鲁迅就写过不少与故乡有关的作品,在《故乡》《祝福》等作品中,鲁迅借描写闰土、祥林嫂等人物,表达出对故乡风物的眷恋以及对故乡人物的悲悯,他渴望生活在旧社会的人们能够冲破黑暗,享有新时代的自由与幸福。

沈从文是一位被故乡山水滋养出来的作家,他写《边城》,写《湘行散记》,给中国文学留下了经典的故乡形象,他的"田园牧歌式"的写作,写出来的故乡实在太美、太好了,用现在一个流行的说法是,这会被怀疑成一种"美图秀秀式"的写法,但沈从文笔下的故乡之所以让人向往、眷念,是因为他优秀的文笔,在白话文刚刚开始的时候,他几乎就创造了一个白话文写作的高峰。

另外,觉得沈从文没有批判眼光是错误的。湘西曾经的落后、愚昧和残酷,在他写景写人之余,仍然时常流露于笔端。他对普通人颠沛流离的生活的同情、对战争的厌恶等,也是他的故乡写作中不可或缺的组成部分。

我喜欢的另外两位民国作家是萧红和郁达夫,他们的主要作品也都与故乡有紧密联系。萧红的三部重要作品:《生死场》《呼兰河传》《小城三月》,都是以她熟悉的乡村以及乡村家庭生活为背景创作的。故乡给她留下无比惨痛的回忆,而她却让故乡永远活在了她的作品里。

在日本留学、工作过的郁达夫，在作品中除了凭借惊人的坦率与直接吸引读者外，远离故土之后对故乡的观点与情感，也能给人留下深刻印象。他的散文《还乡记》《还乡后记》等，大量的内心独白传递出他对故乡的复杂印象。

2000 年之后，故乡写作没再诞生经典的，具有广泛的、全社会影响的作品，这是因为在二十世纪八九十年代，故乡写作主题的高度与深度，已经被当时活跃的"40 后""50 后"作家群写尽了。现在我们耳熟能详的作家，比如莫言、贾平凹、陈忠实、刘震云、余华等等，无不从故乡的土壤里汲取营养，写下了诸多令人动容的长篇，可以这么说，中国现当代最优秀的长篇小说，大多数是可以划归于"故乡主题"写作中的。

而之所以"故乡写作"在二十世纪八九十年代爆发并制造了一个文学黄金时代，在于那一批作家经历了太多的苦难。他们的青年时代承受着身体与精神的双重困苦，他们背负着沉重的时代枷锁，有着太多无处释放的激情与渴望，他们把故乡的土壤翻来覆去深挖了无数遍，写尽了落在那片土地上的每一滴血水与泪水。"血沃之地将真正生长出金麦穗和赶车谣"，韩少功的这句话说透了"故乡写作"。

莫言在一篇名为《超越故乡》的文章中说："作家的故乡更多地是一个回忆往昔的梦境，它是以历史上的某些真实生活为根据的，但平添了无数的花草。"——但说实话，在他那个年龄段的作家中，"平添的花草"是看不到多少的，能看到的，是不断撞入眼帘的荆棘，是血肉模糊的悲惨生命，是一代人挣扎着想要摆脱苦难的哭喊。

一直到现在，故乡写作或者说乡土题材写作，都还是主流纯文学期刊的主打内容。虽然现在拿起这些杂志翻看上面刊载的新作，已经毫无感觉，但故乡写作留下的巨大惯性，以及陪伴这个惯性而来的陈旧思维与老套表达，都还在展示它巨大的能量。

2000年前后，大约有一二十位出生于二十世纪六七十年代的作家，以"谁的故乡不在沦陷"为主题，写作了一系列的文章并出版了几本书，这一写作现象刷新了乡土写作多年未变的面孔。"谁的故乡不在沦陷"主题写作传递出的诉求，和鲁迅一样，怀念的同样是故乡的自然风光与淳朴人情，但批判的方向，换成了城乡发展不平衡给乡村带来的破坏，尤其是乡村秩序与规则的失守，让曾经令人充满浪漫想象的农村生活逐渐消失。

我印象比较深刻的书有冉云飞《每个人的故乡都在沦陷》、野夫《乡关何处》、十年砍柴《找不回的故乡》、柴春芽《我故乡的四种死亡方式》等。这些作家的笔下的故乡，无论美好还是疼痛，都有着惊人的一致性，对过去时光的缅怀与惋惜，都在彰显"故乡与故土"的重要性。

这不由不让人想到：我们的乡村生活有漫长的历史，而现代化的城市生活不过是这一二十年才发生的事情，在高压力的城市生活之下，人们的乡愁开始涌动，是很自然会发生的事情，在以后许多年，我们很多人恐怕还是花费很多的时间跟精力，来解决城市生活与乡村生活之间的冲突与矛盾。

故乡与他乡：一个被撕成两半的人

卡尔维诺的代表作中有一部名字叫《分成两半的子爵》。我记得很多年前我读过一部中国女作家写的作品，名字大概叫《一个撕成两半的人》。人的不完整或者残缺，有内在原因导致的，也有很大程度是外部环境造成的。一个人被分成或撕成两半之后，总是会身不由己地寻找丢失的那一半，就像卡尔维诺在"我们的祖先三部曲"所要表达的那样：人的这种自我寻找，有的是出于对生存权利的争取，有的是渴望走上一条完整的道路，有的则是通过矢志不移的追求通往自由。

我的年龄，我的生存经历，以及我的思想观念的变化，使得"一个被撕成两半的人"这个说法用在我身上再合适不过。截至目前，我人生的前二十余年，是在乡村和县城度过的，而后二十年，是在北京度过的。两个生存之地的变化，带来的不仅仅是一线城市与乡村、小城在地域上的区别，而是乡村观念与城市观念冲撞之后，给一个人造就的巨大痛苦与纠结。

进入大城市，首先就要遵守大城市的规则。举一个很简单的例子，你到城里的一家公司上班，第一件事就是要改掉你的方言发音，你用地方口音与同事交流，第一个感受到的是不方便，第二个感受到的就是歧视。我在不同的单位上了累积在一起差不多十年的班，从未见到过一名同事坚持长期在办公室里说方言，顶多大家在开会或者聚餐喝酒的时候，说一两句方言，不过也多用来自嘲或者供大家嬉笑一番。

第一次把方言改成普通话是极为别扭的，但环境改变人，你很快就会适应用普通话与别人交流。但在回到故乡之后，要立刻切换回方言，不然就会遭受嘲讽——我相信有过离乡在外工作经历的人，多少都会对此有共识。于是，在家乡，你一会儿普通话一会儿方言，直到把自己的舌头绕晕……于是，你就变成了一个在语言上被撕成两半的人。

这还不是最为让人感到困扰的，最让人困扰的地方在于，一个城市历时一二十年,终于把你变成了一个所谓的"新城市人",你已经全面接受了城市的规则:乘滚梯时靠一边站立不影响他人通行,坐电梯时按完自己所去楼层后退后一步保持沉默,把"谢谢""对不起"挂在嘴边,与其他单位发生纠纷会说"一切按照合同来"……

而之前二十年你在乡村以及潜规则盛行的小城,一切都不会按照这个规律运转的……我不再举具体的例子,如果你经常关注表现城乡冲突、婆媳冲突这个题材的电视剧,就会知道我想要说的是什么。我要说的是,在漫长的二十年的大城市生活当中,我时常从惊惧中醒来。白天我是忙碌的,要工作要写作要思考,但在夜里,沉睡的时候,我又回到了过去。在梦的绝大多数时间里,我活在千里之外的家乡与亲人中间,在梦中我们争吵、彼此折磨,因此醒来之后望着窗外的晨光,我时常搞不清楚自己究竟在哪里?有人说过:明明什么都没干,为何却如此疲惫不堪?那是过多的精神活动透支了一个人的精力。

地域与时间,生活与文化,将我分成了两半。在我意识到这点之后,开始寻找让自己合二为一的方式,很欣慰地是,通过写作《世间的陀螺》,我找到了这种方式,并且能够很坦然地面对这种撕裂感,很奇怪地是,当你能够面对一些你从前不敢面对的事物时,那些事物就消退了。在与读者分享这个感受的时候,我也时常告诉被类似这种撕裂感影响的人,尽可以大胆地让受到伤害的这一半,去寻找漂泊在外的另一半。

故乡与未来:不可能一辈子困在故乡里

"如果故乡不能给你安慰,那么异乡就更不能。"这是去年我写在文章里的一句话,这不是结论,更像是个人的一种愿望。中国人寻找家园的愿望是最强烈的,几面围墙,几片新绿,几张瓦片,就能让人生死流连。这些年来,数以亿计的人在身体以及精神上处于"流离失所"的状态,当这种状态找不到安放之处时,故乡成为一种选择。

从两年前开始,我返乡的频率相较往年高了许多。可能是我找到了与故乡握手言和的方式,也可能是一名写作者的内心本能在做出选择。迄今为止代表作都是故乡题材的贾樟柯导演,在前几年回到了他的故乡长居,他喜欢被家乡人呼唤他的小名,喜欢在朋友们推杯换盏时一个人悄悄地走出酒店四处散步,也喜欢在一觉醒来,听到不远处货车驶过的声音还有邻家大嫂闲聊的口音……贾樟柯的内心,也一定是经过了比较与选择的。

和贾樟柯一样,写出《出梁庄记》《中国在梁庄》的作家梁鸿,也是用拥抱、理解、发现的眼光去观察与记录故乡的。我觉得他们两位,一位从影像上,一位从文字上,开辟了新的书写故乡的模式。在这个模式里,是没有恨的,就算有批判,也是非常温和的,带有情感的温度。

最近有一本书叫《从故乡出发,从世界回来》,是陈统奎出版的一本新书的书名,这个书名很好,起码可以说明一点:看过世界的人,才知道如何找回故乡。我想,贾樟柯和梁鸿都是看过世界的人,他们回过头来再看故乡的时候,眼光就会温柔多了。

前段时间,我尝试写一些与故乡无关的虚构作品,一个写作者不可能一辈子写故乡的,但想要摆脱出身与成长带给生命的烙印是件不容易的事情。如果在写作上还是受困于故乡,那表明一个人并没有实现精神层面的刷新,抑或没能得到一种真正表达上的自由。

旅居多伦多的作家张翎,写过多部与故乡温州有关的小说。她说"只有离开故乡才会拥有故乡","离故乡越远,故乡的风貌与记忆越清晰",现在她每年有一两个月会在温州生活,我觉得她拥有了一种真正意义上的自由——无论是写作上的还是地域情感方面的。

真正的自由其实是"来去自由",真正的故乡,是不需要把根扎在那里的,而是让你觉得舒适与放松的,不用疼痛与伤害来挽留你的,也不用势利欢迎你……

故乡就是一片土地,静默而宏大地停留在那里,无论何时你回来,山河不变,风月依旧,田野喧哗,昔日少年依然奔走在街头……这才是我的故乡。

从"故乡沦陷"到"故乡沉默"

一

2018 年的春节过去了,这是个没有新闻的春节。节日后社交媒体上刷屏的是江苏盐城一个老公公在儿子婚礼上亲儿媳妇的视频,这蛮符合春节期间的话题调性,关于乡村陋习、人伦关系,一向是节后网友们关注的重点。只是,一条无聊的视频取代了往年流传的"返乡文",大环境与人们的心态,究竟发生了什么样的变化,值得深思。

我的老家在山东鲁南,每年回乡过年,也是近距离观察家乡的一个机会。对于故乡,最直接的感受是"矛盾"。一方面,过去老城区的繁华街道渐渐地冷落了,小的实体商店多数关门,遇到的所有人,几乎都在说"生意难做,钱难赚"。另一方面,新城区的各式楼盘接踵而起,建设风格都是在向一线城市看齐,很多家庭都有了汽车,比如我的十来个堂弟、表弟们,几乎每人一辆价格十万上下的车子。还有,晚上在县城打滴滴,比在大城市好打多了。

一个明显的现象是,县城的"虹吸效应"正在加强,城里的房子盖了很多,但依然不够卖。比起以前对"上楼"的城市生活的抗拒,县城周边农村的农民,已经对进城有了缓和的态度甚至强烈的渴望。这得益于政策长年以来的推动,也与农民真正意识到城市生活的便利有关——孩子的教育,清洁卫生的环境,便利的就医条件,都在吸引那些留守或在外地打工的农民，把赚来的钱投到县城里的房子身上。

聚集了众多的人口，但县城依然显得不甚热闹，这还是与人口的流动性比较大有关。农村的人进县城，县城的人往省城、一线城市去，流动的频繁和见识的增多，使得县城生活不再有强大的吸引力，哪怕是春节期间，人们也更愿意埋头在自己家中，以往过年时街道上人头攒动的景象消失了。

唯有电影院与饭店非常热闹——这一点与大城市也很相像。在娱乐方式上，县城人也在与大城市人达成高度的一致，刷朋友圈、抢红包取代了看春晚，各种手机上令人难以抗拒的软件，填补了人们之间的信息与娱乐鸿沟。尽管在收入与消费方面大家都还有抱怨，但抱怨的声音已经明显地不那么强烈，和大城市里的人选择奋斗的同时也选择默默承受一样，我的故乡，也进入了"沉默"的阶段。

二

"故乡沦陷"，是起源自新世纪初的一个话题。最早有关"故乡沦陷"的话题，是作家王怡于2002年撰写的一篇《每个人的故乡都在沦陷》。随后几年，陆续又有陈璧生《我的故乡在渐渐沦陷》、熊培云《我的故乡因何沦陷》、孟波《不能承受的故乡底层沦陷之重》、潘采夫《谁家的故乡不沦陷？》、冉云飞《每个人的故乡都在沦陷》等发表，每一篇文章都转发众多，议论纷纷。

2009年，我撰写了一篇《故乡沦陷，躲不掉的心灵之痛》，在文章里表露了一个漂泊者的迷茫。那时候无比确信，自己拥有的是一个"永远也回不去的故乡"，所有与故乡有关的美好想象都是错觉，"我终于明白,在建设公民社会的呼声吆喝了这么多年之后,在我偏远的故乡,没有几个人真正听到和理解这个声音;我终于了解,我在外面所感受到的社会进步,回到我的故乡看不到多少痕迹,一切依旧是按照原有的规则和潜规则在运转;我第一次发现,永永远远再也不要期待在我有生之年,看到我生命中的那些亲人们包括我自己,能在那片土地上真正有尊严地活着……"

"故乡沦陷"话题的中心指向,是对准被丛林法则所控制的乡村生活的。当离开故土的人们,在经历一段时间相对而言讲规则、讲平等的大城市生活后,回头看故乡壁垒森严的等级制度,完全被封堵的向上通道,无处不在的潜规则,以及因"人治"原因导致的萧条、凋敝,产生一些失望乃至于愤怒,是完全可以理解的。"故乡沦陷"热文的传播,持续了多年,但那也只是作者们偏于一隅发出的声音,除了在同样关注城乡差距问题的读者那里引起一些共鸣外,并无实际的用处。

这几年,"返乡文"成为每年春节期间兴起的一种文体,出现一些诸如《上海姑娘逃离江西农村》《春节纪事:一个病情加重的东北村庄》《一个农村儿媳眼中的乡村图景》《一位博士生的返乡笔记》等。从形式上看,"返乡文"是"故乡沦陷"的一种话题延续,都是同时拥有城市与乡村生活经验的人,以城市眼光打量乡村的"顽疾",只是从内容上,"返乡文"多了些情绪甚至虚构与造假,部分"返乡文"被指"消费农村""歧视农民"。"返乡文"作为新媒体时代的产物,它的"双刃剑"效果引起人们的重视,一方面,"返乡文"的确仍然有提醒读者警惕乡村乱象的功效,另一方面,单纯为了追逐流量而片面使用事例,包括行文造假,会导致读者对文中描述的状况产生怀疑,怀疑多了就会有厌烦心理。

2018 年的春节，"返乡文"失去市场，与人们渴望对故乡进行独立观察、客观判断有关。他们想要重新衡量与故乡的关系，并在自己的人生规划当中，用更长远的视角来审视故乡。"返乡文"不再刷屏，不意味着城市与乡村的矛盾与差距得到了彻底的解决，只是人们已经开始尝试不再抱怨，而是以很现实的态度，来面对生存之地。

生活在大城市里的人，那种自上而下的俯视，以及某种优越感，难以再引起共鸣。同时，生活在小城市与乡村的人，对一线城市的崇拜与向往，也比以前降温了不少。一线城市对于人们而言，顶多是一个机会很多但也很残酷的存在，早已不再是梦想的代名词。

大环境的变化，源自诸多复杂的、难以叙述的细节构成。过去一两年间，许多曾说过"故乡回不去了"的人，开始把他们对故土的思恋变成行动。作家北村从北京回到了故乡福建长汀，开了网店销售当地农产品。导演贾樟柯回到了故乡山西汾阳，建影院、开饭店。专栏作家十年砍柴也频繁往返与北京与故乡湖南新邵，为最终回归故土做打算……

三

一个"沉默的故乡"，正在形成。

故乡话题未来可能难以再成为热点，因为中国的城市化进程速度在加快的同时，也日渐完善。"八大国家中心城市"的提出，已经稳固了将来人们的流动方式与生活方式。向中心城市靠拢已经成为不可逆转的局面。同时，乡村生活会更快地从更多人的记忆中消退。将来，中国乡村必然如其他发达国家一样，只是一个行政上的称谓，而不再承载太多的文化、乡愁。

在审视故乡落后一面的同时，人们也已经开始接受故乡的优势一面。自然环境的改善，城市配套的完备，低成本的生活方式，慢节奏的生活氛围，使得故乡在游子那里，有了新的吸引力。对于无处可逃的游子而言，故乡仍旧有"精神收容所"的功能，只是，人们要学习与故乡的相处方式。

"沉默的故乡"并不可怕，相比于"沦陷的故乡"，"沉默的故乡"也许正在积蓄能量，"沉默"的原因在于一些弊端正在无形地被消除，故乡不再是产生巨大负面新闻的土壤……因为美好而沉默，成为对故乡最理想化的想象。

在离开故乡近二十年的时候，我也意识到，是时候该为返乡做准备了。经历了太多的缝缝补补之后，不知道从何时起，我已与故乡握手言和。

寻找一个清爽的故乡

想到故乡，以前内心有股黏稠的情绪，这种情绪可以解释为"思乡情切"，也可以理解为包含了某种无奈与愁苦。春节期间，回乡过年，一共待了十天，最鲜明的感受是，那股黏稠的情绪已经淡去，取而代之的，是一种清清爽爽的感觉。

"繁忙"仍然是过年的主旋律。大家庭里的长辈，一年未见的亲戚，少年时代的朋友，中学时期的同学，认识二十余年的老友，都需要见上一面，喝上一杯。老家"无酒不成席"的习俗深入人心，但"劝酒"的习惯已经远远不像以前那样执着了，一般只劝两三次，若是坚持不喝，也就不再勉强。对于开车参加饭局的人，自然就拿到了"免酒金牌"，无人敢劝。这大大减轻了我的负担，十天里虽有九天晚上在喝酒，但没有一次喝醉过，这在往年是不可能的。

人在外地，但户口在老家，趁着过年的机会，要把临近到期的护照换了，也想把用了多年已经旧得不像样子的户口簿换成新的。前几年已经感受到公安部门服务态度的变化，但今年感到又进步了一层，由以前的被动服务变成主动服务了。办证大厅洁净安静，岗位与流程标示清晰，办事人员的笑意中能感受到他们的热情，甚至可以做到跑前跑后帮助递送复印资料，每个环节都进行细心的提醒。整个需要办理的事务忙完，也没超过十分钟。这种贴心，治愈了很久以前遗存在心的"办事恐惧症"。

县城的绝大多数党政、教育机构，都搬到了新城。新城在老城以东，临河而建，有近万亩的栗子树林覆盖，道路宽阔，各种路牌指示清晰规范，没有拥堵的状况，也罕见电动三轮到处窜的情形。进了新城，节奏明显地慢了下来。到了夜晚的时候，路边的大树上挂满红灯笼，夜色静谧，令人安心。我在河边一栋新的酒楼里，请弟弟、妹妹差不多十家人吃饭，近四十口人，也能有一个大的房间轻轻松松容纳了。屋子里因为家人的欢聚而人声鼎沸，打开窗户可以看到不远处的大河以及被夜色包围的树林，这一动一静的融合，令人心情放松而愉悦。

在社交媒体上，今年最热闹的一个话题是"山东女人为什么不能上桌"，这个话题其实完全没有讨论的必要，除了个别地区，整个山东内这都是个"伪命题"。以我家为例，在大家庭聚会的时候，不但女人可以上桌，而且还可以根据自己的意愿，选择坐在哪里、喝什么样的酒。至于小孩儿不能先于大人动筷子、拜年要磕头等，这些"规矩"在我们这一辈人的坚持下，已经接近瓦解，饭桌上的"人人平等"，在绝大多数家庭那里已经实现了。

什么是故乡？以前我的思索是，故乡是你曾生活过的一个大环境，是那方水土的文化与传统。但现在我的想法变了，觉得不必把故乡设定得那么大，故乡其实就是你熟悉的亲人、朋友。他们加在一起最多不会超过二百人，和这二百人相处好，建立好良好的沟通，故乡就是美好的。大环境是一个有效的补充，故乡的自然环境、人文环境变好了，自然更是锦上添花。

因为不断游走于一线城市与家乡县城，我对故乡大环境的变化很敏感，尤其是不易觉察的人际关系变化。这两年来感受最为鲜明的是，那种绑架式的亲情关系、人际关系，在城市文明与生活方式的冲击下，已经松动了不少。那种"谁穷谁有理""斗米养恩，担米养仇"的心理，在逐渐消失。故乡的人也在重新审视人际关系，尝试用清爽的交往来取代源自农耕时代就遗留下来的黏腻关系。这是一个带有断裂感与疼痛感的过程，也是一种本能的觉醒。这个过程可能会有点漫长，但却会给县城、给乡村带来真正质的变化。

人际关系、人情世故、情感交流等方面的变化，来自通行于大城市的规则意识的冲击。各种现代意识通过社交媒体、影视综艺、各种手机应用程序，不断地渗透。以打车软件为例：网络约车，下车付费，乘客打分，这个流程其实就是规则意识的一次普及。而网络购物、网络购票、网络娱乐消费等等，在县城的应用程度，与大城市相差无几。长此以往，这必然会带动人们思考方式的转变，继而对人际关系产生深远影响。

当然，类似"逃回北上广""故土难回"的声音依然有不少，但这并不能阻止更多人因为觉察到了故乡的变化，而产生"叶落归根"的念头。前些天，我在朋友圈看到一位时尚杂志的编辑，回到了父亲的村庄。高速公路经过这里，父亲把老房子翻盖成三层楼房，院内前前后后种满了各种树木。有月光的晚上，她搬出桌子板凳与家人在月光下喝茶，她说，那一刻她觉得自己的心真正拴系于此。我觉得，像她一样，有不少人在无形当中，重建了与故乡的关系，拥有了一个清爽的、有意境的、值得终老的故乡。

故乡是杯烈酒

王小帅在出版《薄薄的故乡》时说了句话,他是"无故乡的人"。对像我这样有故乡但却一直心神不宁的人来说,多了些牵挂,少了些洒脱。我把这些牵挂写进《世间的陀螺》里,在给朋友题签时,想到了一句话:"故乡是杯烈酒,不能一饮而尽。"

关于故乡,总是一言难尽,写出来,却又避免不了情深言浅。一度犹豫要不要把这个主题继续写下去,觉得所要写的内容更多还是偏于个人体验,担心别的人读了会有厌烦。但往往在交完一篇稿后,编辑总会与我讨论一番,她觉得稿子里所描述的亲情困扰与故乡情结,让她很有共鸣。这让我想到,是不是还有很多人与我一样,在深夜难眠的时候,脑海中会被往事填满,把过去想不通的事,想了一遍又一遍?于是,我决定接着写。

不少写作者对写亲人与故乡存有障碍。这是自古以来的一个传统,没有哪个国家的文学,会像中国这样,对亲人与故乡有如此强烈的美饰意愿。诗人、作家们可以用一支笔指点江山、激扬文字,可一触及亲情与家乡,就会立刻英雄气短。这大概与长期的情感教育与情感表达惯性有关。再往深处看,能发现不少文化与心理层面上的有趣点。

前几年春节时,流行过"返乡笔记"之类的故乡写作主题,有几篇风靡一时。但后来因为有的文章过于追求煽情,片面表达甚至抹黑式的描写激起了读者的反感，于是这一写作热点从去年开始降温了不少。对于乡村的落后以及人际关系的紧张、破裂，有些叙述是真实的，有些则是夸张的。如果找不到公正、客观的写作角度，故乡在笔下，会产生变形，那不是我们曾经生活过的真实的地方。

在我们的想法里，"父母、家庭、亲情、出生地、食物、风俗"等等，统一会被冠以"故乡"的名义。很多时候我们在谈论故乡时，具体的指向却是模糊的、混淆的，因为对某一点的热爱或反感，很容易形成对整个故乡概念的全盘美化或全盘否定。所以，在这一领域的写作过程中，作者必须要厘清自己与创作对象之间的距离与关系，用理性的笔触去写很感性的人与事物。

有光的地方必然有影子，唯有两者都在，才是立体的、真实的。在写完个别篇章发给朋友看的时候，有的朋友会不敢看，那是因为他发现了影子的存在——是传统中对于美好事物背面必然存在的倒影的某种恐惧。我不觉得恐惧，虽然在十多年前哪怕不写只是想一想，就有全身颤抖的感觉，但写作本身战胜了这种恐惧。完成这本书的主要篇章后，一身轻松，我达到了自己的目的，不管别人怎么看怎么想。

阿摩司·奥兹的作品《爱与黑暗的故事》中，绝大多数的篇幅里，都是在写爱——以及这个字所包含的阳光、温暖、美好。在涉及"黑暗"的时候，他的笔触没有躲避也没有变得柔软，而是用冷峻的态度把它表达了出来。这部作品之所以打动人，在于六十多岁时的奥兹，找到了表达的方式与勇气，他以一个孩子的身份重返童年，记录了他所经历的种种。用六十多岁的睿智与接纳，去化解曾经的困扰，这已经不再是难题了，所以在这部作品里，尽管有阴影，但读者却感受不到任何恐惧与悲伤。

那些敢于触碰内心柔软处、敏感处的写作者,其实不是勇敢,也不是强大,在他们看来,这是一种水到渠成、自然而然的事情。可以平和地接受发生在自己身上的一切经历,并坦诚地写下来,就必然会有人觉得,这样的故事或情感,都不是孤立的,而是普遍存在的。尤其是生活在同一个时代、经历过共同历史的人,往往会有惊人一致的体验,会共同去思考:祖辈、父辈为什么会留下让如此庞大人群感到熟悉的共同记忆遗产,而我们为何又会按照某种生活模式、思考方式,这样继续地生存下去。

故乡真的是一杯烈酒,要小口小口地啜饮。从前我不这么认为,在离乡的二十年来,前些年遭遇故乡,总是过于激动,总是想把这杯酒一口喝干,结果付出的代价是头晕目眩、身心俱伤、疲惫不堪。而现在,已经学会了举杯端详,慢慢喝下,在体会与回味中,故乡似乎变得那么柔软、亲切。

其实故乡一直没有变,而是在外面的人变了。与故乡之间的关系,不取决于故乡,而在于游子的心。我明白这一点时,四十四岁。

面对故乡，沉默就好

春节返乡，听三叔讲了一件好玩的事：村里刘家大爷砍了我家田边种的三棵树去当了房梁，三叔与他起了争执。刘大爷说树是在他家地里长高的，三叔认为树的幼苗是在我家地里栽下的。争论的结果是，刘大爷承认树砍错了，"哪天浩月回老家要盖房了，我赔他三棵树就是。"他说。

那三棵树被我父母栽下，是三十五年前的事，而我离开出生的村子，也超过三十年了。刘大爷的话让我有些感动，因为对于过去的事情他还认。他答应未来某一天，赔我三棵树，这是一种可能性，更是一种承诺，我信。在他的观念里，他的意识里，我仍然属于那个村子，村子里依然还有我的位置，只要我回到那个位置上，树还是会有的。

每年回乡，上坟是避免不了的仪式活动。在对待去世的亲人方面，后代们依然会表达出自己的亲疏远近——那些疼爱、照顾过自己很多的亲人，会得到更多的纸钱与其他的祭品，"好的都给你"。我的父亲属于每年上坟时，要独占一半纸钱与祭品的人，每个给他上坟的人，平辈兄弟也好，儿女、侄孙也好，都会格外"袒护"他。甚至邻近的坟前有人烧纸，也会给递过来几张。父亲离世了，但他在乡村与家族里的位置，一直都还在。

我承认这是乡村令我着迷的一个地方。那里有着属于自己的规律,在沉默而有力地运转着。县城已经很城市化了,受城市文明与科技思潮的冲击很大,但与县城有着十几公里距离的村子还保持着几十年前的样子,有让人不喜欢的死板、固执、呆滞,也有让人喜欢的人情、道理、规则。我对乡村又怕又爱,两种感情时而向左时而向右,时而又交织在一起难以分辨,至今难以理清眉目。《世间的陀螺》这本书的主要篇章,就是在这样的背景下写出的。

我还没来得及像梁鸿写《中国在梁庄》那样,写老贵叔、建坤婶、五奶奶……我想先写我的亲人,他们有的已经离开人世,多数还在老家那个地方生活。最先写了英年早逝的四叔,他身上的美好品质令我印象深刻,苦难的生活消磨掉了他的躯体与健康,但他的灵魂始终保持纯真如玉。

在生命最后的日子里,他有一段时间在各个村庄流浪,那是他少有的自由生活。那段自由时光,是对他辛劳一生的回馈,也是对他短暂生命的美好总结。写完了四叔之后,感觉与他进行了一场坦诚的对话,在对话里,我有些明亮的念头被点燃了。

爷爷、奶奶去世的时候,分别写了他们的一生,在堆积的记忆里,抽出那些与我有关的片段,交织成感性的文字。写固守在乡村不愿走出来的三叔,写在县城里"激烈"地活着的六叔,写村里与我当过同学的四哥,最后才有勇气写父亲、母亲。

我把写好的文章发给朋友看,得到的反馈是"不敢看",于是我知道自己触碰到了以往自己心灵深处一些不愿面对的问题。在别人看来,这些文字或许是描述了一些"亲情困境",但对我而言,写完之后却获得了巨大的内心宁静。从祖辈到父辈再到我辈,三代人在这人世间始终都如陀螺一样奋力地、疲劳地、无奈地旋转着,我想让这枚生命当中无形存在的陀螺停止旋转,哪怕倾斜倒立一边。

我曾经以为故乡是那片几十平方公里的地方，其实不然。更多的时候，人们心里的故乡概念，其实是由身边的几十位上百位亲朋好友组成。你对故乡的爱与焦灼，疼痛与不舍，愤怒与挣扎，很多时候都源自这几十人上百人带给你的影响。

　　你困惑于他们的语言迷局，挣扎于他们的情感网络，没法从自我的角度清醒地审视与判断，因为你本身也是这旋转着的陀螺的一部分，哪怕独立了，走远了，不自觉间，仍然偶尔会有失重感、晕眩感。我想通过文字来梳理与亲人之间的关系，厘清与故乡之间的距离，并尝试在亲人与故乡中间，重建一种我认为可以更持久的联系。

　　与故乡在物理层面上的联系，是可以舍弃的，而精神层面上的联系，却是无法割舍的，哪怕有痛苦的成分，也会在某一个阶段化解，转变成一种深沉的情感。从逃离者，到批判者，再到回归者，我用了二十年的时间，完成了这三个身份的转换。无论我在不同时期用怎样的立场与角度看故乡，故乡都始终用一种眼光打量我。

　　电影《杰出公民》里有一句台词："故乡，是可以把每个人都打回原形的地方。"第一次听到这句话，感觉整个人被击中。或许正是因为如此，近两年来，回乡的冲动已经有了事实上的准备与行动。

　　我想给亲人与故乡立一个小传，它不尽完善，也不是传统意义上的美文，力求真实的同时，肯定也会有些许的疼痛感，但我不愿意朋友们不敢读它。读完之后，有关亲人与故乡的话题，我们以后喝酒时便不用聊了，沉默就好。

一回头已是天涯

多年前的一天，因为要参加妹妹的婚礼，我回了一趟老家。在村子里，三叔指着站在墙角抽烟的一个人问我，你还认识他吗？我的心如遭电击，怎么会不认识，他是我童年时最好的朋友。这时他向我走了过来，他童年时那颗磕坏的牙齿，在笑时还会露出一个黑洞。我们计算我们有多少年没见了，一个说十五年，一个说二十年。我知道，时间不再那么重要，所有的话语，只是为了打破这初见时的尴尬。他甚至还没来得及递给我一支烟，我就要走了。

天黑着。我开着六叔的破旧农用车回县城，心在浓浓的夜色里疼得要命。六叔打电话催着我回去喝酒，我险些撞上了前面骑自行车的妇人。我在电话里烦躁地说，别催！别催！这一刻，仿佛不愿意有任何人打扰我，仿佛愿意沿着这黑暗的道路一直行驶下去，没有尽头，也不需要知道尽头。希望这一路空空荡荡，即便不用掌握着方向盘，也能顺顺利利地走下去。

我二弟曾发短信给我，说，哥，你知道吗，日子过得太慢了，一个月像一年那样。我没有回。但我能理解二弟，尽管我的一年过得像一个月那么快，也能理解时间的漫长对一个人精神的消磨，这样的感受我曾亲历，也许正是因为恐惧生命经受这漫长时间的折磨，我逃离了家乡，到了一个日与夜像幻灯片一样变幻的城市，习惯于这突然加速的人生。一个朋友告诉我说，真想赶快老去，知道生命的过程和结局究竟是什么样子。我不了解他的虚无和空茫产生于何处，只知道自己也赞同他的看法。

这位朋友，每次见到，他总是挑衅一般地找我拼酒，我不喝，他就一杯一杯地将自己灌醉。一次在郊区的一个饭馆房间里，他喝醉了伏在饭桌上，家人和孩子们都撤了，我坐在椅子上从下午一直陪到他天黑，他吐了酒，无论如何都不能坚持离开，在那几个小时里，我们本来可以聊很多话题，但谁都没有开口，除了沉默还是沉默，也许一切都不可说。

有人说，七十年代人的青春期特别漫长。我深为认同这句话，也找到了思想中总有飘浮感的根源。也许我根本是停留在十七八岁的年纪里，根本没有成长起来。那个时候喜欢一个女孩儿可以整个下午泡在她的办公室，可以骑着自行车走几十公里去她的家。那时候还相信天荒地老，啤酒喝醉了躺在大街上，第二天若无其事。那个时候还相信朋友，可以为结拜的兄弟去打架，可以为大哥的一句话去生去死……现在想起来会忍不住骂自己，可骂了之后也会忍不住微笑，为那可贵又可鄙的纯真年代。

每过了一段时间，会突然惊觉自己又成长了不少，世界在眼前越来越开阔和通透起来。但又做不到将七情六欲按部就班地搁置原地，苦恼和烦躁之时，发现所谓的开阔和通透不过是自己变得更加世故和油滑的一个借口而已。三十五岁这个年龄已经能很是熟练地利用人性的自私为自己开脱了，面对这个复杂又简单的世界，已经能够很容易做到坦然。无论对于曾经拥有过和现在正幻想着的，既沾沾自喜，又羞于承认。

有段时间特别喜欢听许巍的《故乡》："天边夕阳再次映上我的脸庞，再次映着我那不安的心，这是什么地方依然是如此的荒凉，那无尽的旅程如此漫长……"沧桑的意境常让我忘记这是一首情歌,喜欢它是因为它唱出了我心中的不安。我曾用此对应许多困惑,大多会从中找到答案。

和朋友的一次谈话触及灵魂深处。我对他说,我是一个擅长遗忘的人,遥远的事情我无法顾及,会更在意身边的一切,因为身边的这些,会如缓慢生长的爬山虎,慢慢爬到你的血肉里、骨子里,把你抓在原地,每试图离开一步,都会被扯得生疼。已经经历过这次疼痛的人,更是会无法承受。少年时代,远方和流浪是最令人激动的两个词汇,而现在呢?我们拖着笨重的身躯行走在尾气超标的城市街道上,幻想着有一天能在深山老林或者海边过上无所事事的晚年生活,这个地方究竟在哪里,真的已经不重要。

还有什么可说的呢?家人,朋友,突然在某个时刻,你会明白他们是你生命里最重要的。如果曾经给他们带来过伤害,就会愈加感到沉重,这沉重本身,会让你有找到人生目标后的豁然开朗感。很多时候,我的思绪在过去与未来之间穿梭着,常不知自己置身何处。回到现实时,目光所及,高楼大厦不再,天涯就在眼前。

给某某的信，兼致故乡

某某：

一

从郯城老家回来的第二天，就坐在了书房里，开始给你写这封信。一边写，一边喝着热水——那天爬马陵山的时候风太大，而我又盲目自信地只穿了衬衣和一件薄西装。

不过挺感谢那几天的风，把老家的天都吹蓝了，使她最美的一面展现在了朋友们的面前。

和以往不一样，这趟"故乡行"除了我之外还有五个人，他们是我在北京结识的朋友，有的认识近二十年，时间最短的也有十年以上。带我于北京认识的最好的朋友，来见我在老家最好的朋友，这是件奇妙的事情。

说真的，我有些忐忑，总担心自己的家乡不够美、不够好，没法给初次来的朋友留下深刻印象。但这种忐忑从一下飞机踏上故土之后，就彻底消失了。对于亲近的朋友来说，美与好，都是宽泛而言的，当你带着一定的情感浓度，去观察一片土地、一个乡村、一座城市以及一个人的时候，美与好的基调基本就奠定了。

算下来，离开老家成为一名"北漂"已经十八年多了。当初走的时候，还是一个在送行酒后趴在地上哭得死去活来的小年轻，现在已经是一个一半以上头发都变白的中年人。

而我的身份，也从一个家乡的"出走者""背叛者"，变成了一个"回归者"。作为一个"不停寻找故乡的人"，这些年我一直在做无谓的努力，无论是精神的故乡，还是肉体的故乡，都无法找到安身立命之地。"麦兜"的故事里，幼儿园的园长爷爷说一口地道的山东话，他经常有一句口头禅，"回——老——家"，语速像《疯狂动物城》中的树懒说话一样慢。

故乡，真的是一个人最后的避难所吗？

二

故乡是旧的。不知道你是否认同这个说法。

帕慕克所写的《伊斯坦布尔》中的故乡是旧的。在这本书里，帕慕克把伊斯坦布尔变成了他一个人的城市，他在通过文字吟唱一个消失的故乡，如此便了解了，为何整本书中都弥漫着他所说的"呼愁"。

奥兹所写的《爱与黑暗的故事》，他笔下的耶路撒冷也是旧的，不但旧，而且散发着寒意。但正是这么一座城市，调动了他所有的温情，他试图以自己的体温，来让这座城市在记忆里变成暖色调。这么一位优秀的作家，也不愿直白地说出内心的隐伤，他铺洒文字来还原故乡的人、景物与记忆，来掩饰母亲去世带给他的伤痛。比如花费数页来描写一个男孩从树上摔下来的情形，如此普通的一个细节，也被他写得如此令人着迷。

中国的作家也喜欢写故乡，老一辈如沈从文写凤凰，老舍写北京,鲁迅写绍兴……当代作家如莫言写高密,贾平凹写商洛,刘震云写延津……

故乡主题在文学中正在消失。"70后"作家写故乡就少了,即便写,也多是评论体,带着批判与审视;"80后"们爱写诗与远方;"90后"则把重点转移到玄幻、穿越、架空写作中去,他们的故乡在互联网上;新世纪的"00后"以及"10后"的孩子们,他们也许会好奇地问:"什么叫故乡?"

我来描绘故乡的话,脑海里会出现这样的场景:电影院门前还是最热闹的地方,街道地面上落着人们嚼甘蔗吐下的皮;老县医院斜对面的那几间平房,除了换过几片新瓦,看不出其他翻新的痕迹;路过护城河桥的时候,仿佛还能看到爷爷在那里摆书摊;往北看,一中放了学的学生们骑着自行车潮水一样拥了过来,男生变着花样在女生面前炫耀车技,车铃铛声响彻整个街面;公园门前人迹罕见,只有一个卖糖葫芦的人莫名其妙地守在那里……

可是这次看到的故乡,却是一个新的。公园成了一个新的公园,那尊被放在老汽车站的郏子塑像,在新公园这个"家"里,显得气派了许多。公园里的那截老城墙没了,记得刚工作时,我和老蒋、小马,以及我们三个人的女朋友,就曾爬上过这段老城墙,或倚或靠或站,散漫地聊着天,说着关于未来的事情,但显然那时并不明确未来是什么样子。

这次没有见到老蒋。你可记得二十年前我们参加他婚礼时的情形?时间比现在这个节点还要晚一些,都是5月份了,突然下起了冷雨。从他婚礼现场离开回县城的时候,坐了几个人的三轮车开始掉链子,每开几百米就要停下来,用手把布满油污的链条重新装上。当司机太冷了，我们轮流开车，为了保暖，头上罩着一个超市的购物袋，在袋子上掏了两个洞。以便能看清前面的路，每次交接这个很特殊的"头盔"的时候，便忍不住哈哈大笑。这些年轻时候的记忆，固执地霸占在我的脑海，不管后来装进多少东西，都没法把它完全覆盖。

新村的银杏古梅园也变成了新的。我们这次去的时候，园内园外都在装修。上一次来这里，差不多也是二十多年前了。我带刚认识不久的女朋友，来这里拜佛。进园子里的时候，把刚买来的一兜大约四五斤的苹果放在了一棵大树下，打算拜完佛回来取。你知道吧？那是我此生第一次，也是唯一一次在一尊佛像面前长久地跪拜……结果如你所想，再回来时，那棵树下已经空空如也。心里仿佛丢了一小块东西，但不是为了那兜苹果心疼。

重修中的古梅园，一样没法掩饰她的美。那棵两千多年的"老神树"依然是一副生命力极其旺盛的样子，每一片叶子都绿油油的，风吹过来，距离它一米左右的样子便停了，没有树叶彼此交谈造成的喧哗，因为寂静，让人心安。我们六个朋友，手拉手刚好环抱"老神树"躯干一周，据说这样的"仪式"能让人升官发财，那就让"老神树"保佑我们发财吧。

园内的广福寺，寺门关闭着，不像是有僧人的样子。打算离开的时候，厚重的院门居然被风吹开了一条缝。同行的朋友发现了，说既然向咱们发出了邀请，就一块儿进去看看吧。推开门后的景象让我们有些吃惊：造型奇特的古树刚刚发出新芽，在蔚蓝的天空下，摆出了一个廊道的造型。这些树让人相信，它们就是一千年前栽下的。树也是有情感的，它们在一片新建的寺庙建筑中间，营造出了一种让人震撼的古意。这种古意中，带着威严，有些清冷，让人敬畏，也让人留恋。

三

对于故乡,在很长一段时间里我有着复杂的情感。古人说"近乡情更怯",这种情怯的感觉我体会了十多年。你不曾远离故土这么久,也许没有更深的体会。

之所以现在不再有情怯的感觉,是因为经过漫长的、痛苦的撕扯,我总算明白了自己与故乡的真实关系,也寻找到了那些曾让我不安的源头,一切都是因为一个"故"字。

因为太眷恋"故"这个字,所以一直觉得,那些古老的、不变的事物,才是熟悉的,亲近的,安全的。每回到老家,就会一头扎进那个由"故"组成的小圆圈里,体会着幸福,也体会着疼。

在故乡,有一个序列,在这个序列当中,有一个属于你的位置。不管你走多远,这个位置都会为你保留,只要回来,你就要填补进来,成为这个序列运转的一部分,发挥你的作用,承接你的责任。

可是,你知道的,这个时代变化迅速。故乡在变,离开故乡的人也在变,这两种变化交织在一起,就会构成一个巨大的、让人茫然的空间,那个固定的序列,也会遭到强烈的冲击,这个时候,想躲避疼,是不可能的。"故乡有时候像母亲推开儿子一样,会逼着你远行,让你带着疼想她。"

这么多年,每每回乡,总会感受到身份困惑。

比如这次回来大家一起吃饭,到了敬酒的环节,我就不知道是该先以本地人的身份敬我带来的外地朋友,还是以"归乡客"的身份敬热情招待我们的朋友……外地朋友和本地朋友进行了短暂而热烈的讨论,那我就"先干为敬"吧。

必须要有新的办法,来重建与故乡的关系,找到自己的身份。这个办法我找到了,就是用最大的热情,来拥抱一个崭新的故乡,无视一切评价体系,像到任何一个自己喜欢的旅游目的地那样,充满好奇与喜悦地打量故乡。

一个新的城市,正在从老城脱胎出来。新的城市里,有沿河兴建的湿地公园,有跑道,有游乐场、书店、咖啡馆、闪着霓虹的商店……当你站在局部的角度去看的时候,会错觉这里是生活过的大城市。

我要承认,产生回乡度过余生的念头,真的是因为看到这些新的环境的产生。家乡新城的诞生,似乎为故乡人与漂泊者这两个身份,提供了一个黏合的机会。

导演贾樟柯2017年的时候决心逃离北京,回归故乡,他在位于山西汾阳的贾家庄,开了一家电影院,开了一家名为"山河故人"的饭馆。他喜欢这种生活。三五杯酒后,朋友们呼唤他的小名"赖赖",告诉他应该要个孩子,他们为他的老年担忧。贾樟柯说:"只有在老友前,我才可以是一个弱者,他们不关心电影,电影跟他们没有关系,他们担心我的生活,我与他们有关。"

"很多人逃避自己来的一个路,来的一个方向,尽量地割断自己跟过去的联系,我自己就不喜欢这样。"贾樟柯写了一篇还乡文《我们真的能彼此不顾、各奔前程吗?》,文章里细细描写了他重访高中同学的故事,回忆了高中时在故乡的生活情境,他在文章里这样写:"我决定把今天的事情忘记,从此以柔软面对世界。是啊,少年无知的强硬,怎么也抵不过刀的锋利。"

写出过《周渔的火车》等著名小说的作家北村,也在2017年离开生活了十六年的北京,回到福建长汀的家乡,开网店售卖当地的原生态农产品。他用自己数部小说作品的名字,来命名他销售的各种禽蛋、农作物。

文史作家十年砍柴，老家是湖南新邵，他有两篇与故乡有关的文章读着令人动容，分别是怀念父亲与祭奠母亲的文章。为了满足父母的愿望，他回乡在老屋地基上新建了楼房，父母亲的离世，并没有切断他与故乡的联系，在人生进入下半场的时候，故乡的亲人，还有那片土地上的一切，都成为生命里的重中之重。

我想，我会追随他们的脚步。

四

这次"故乡行"有两站，离开郯城后我们去了临沂。在同来的朋友记忆里，临沂是个山沟沟里的城市，可一接近沂河大桥，他们就不断地发出感叹："我们是到了深圳吗？""感觉像到了曼哈顿！""有点接近伦敦了！"……几乎所有紧邻大江大河的世界都市，被他们数了一遍。沂蒙山老区的城市新形象，彻底颠覆了他们的固有印象。

而这座城市里唯一的一所大学，四平方公里的占地面积，以及齐全的硬件设施，也让我们一行人感到不可思议——这就是快速变化的故乡，她建设的速度，远远超过我们的想象速度，需要多花一点时间，才能慢慢再次熟悉起来。

去参加晚宴的时候，穿过灯火辉煌的新城，逐渐进入老城，即丘路、金雀山路、银雀山路、小埠东、蓝天大厦……过去在这里生活的三年时光，全部浮现了出来。在朋友车里的时候，谈到我们一些共同的但却已经逝去的朋友，情绪有些黯然。谈到"什么才是最好的纪念"，答案是，唯有不遗忘才是最好的纪念。唯有被记得的才是有意义的,忘了,就一切都不存在了。

在临沂,印象最深刻的是去了七十二岁的作家王兆军先生归乡后开设的东夷书院。他之前为两个村庄撰写并出版了村史,一本叫《黑墩屯》,一本叫《朱陈》。仿佛这样还不够,几年前的秋天,他与夫人一起离开生活多年的北京,回到山东老家的村庄,开设了被他称为是"当代中国最小的书院"。他实现了一个文化人的终极理想:归乡、隐居、办学、阅读、写作……对于多数抱有这种理想的人而言,这是种奢侈。

王兆军先生敲起了书院的钟声欢迎我们,那段小视频我看了十几遍,每次看心里都无比感动。在乡村办学,因为受交通、资金、观念等各方面的影响,遭遇的困难与压力是可想而知的,但老先生仍然坚持把书院办了下来,并且没有接受一些"可以把书院做得更大"的条件,他坚持哪怕是所乡村书院,也要把"平等、自由、沟通"的精神传递到所有学生那里。

五

信写到这里,应该可以结束了。但你知道,有些内容是不用写的。

年轻的时候,我以为,要逃就逃得远远的。当时我觉得北京最远,现在想想真是幼稚,710公里,坐飞机上,空姐发的矿泉水还没喝几口就降落了。这几年,由往年的每年春节回乡,已经变成了周末回乡、假期回乡,多的时候,一年要回去五六次。

我很开心能用这次回乡时的精神与面貌来面对老家。不是我变得自信了,而是我学会了接受一切,能够做到平静地看待事物的发生与变化。如同一位电影导演所说的"让故事发生",这简单的五个字,蕴含了太多的道理,也包含了最简单的解决办法。

我们都变得客气起来,也真实起来。客气是我在外面学到的,是因为有人在不断教我,哪怕面对最亲近的人,也要真诚地表达谢意,这不是推远距离,而是让对方感受到情感。真实,恐怕是我们各自成长过程中积累下来的。如果不能用"真实"来面对故乡,就会面临浅薄的虚荣、无用的虚伪、尴尬的躲避等等带来的折磨。

因为不真实,我曾一次次在故乡被打回原形。

这次好了,这是真正的原形,是你认识了快三十年的朋友。愿回故乡时还是少年,我争取做到,尽管胸腔里藏着的是一颗逐渐变得迟钝起来的中年心脏。

作家是故乡的"逆子"？

2020 年夏天，一部名为《文学的故乡》的纪录片播出，这部由北京师范大学纪录片中心拍摄的作品，把镜头对准了莫言、贾平凹、刘震云、阿来、迟子建、毕飞宇。听作家讲述他们的故乡故事，是一件有意思也有意义的事情，如果这些作家能够做到脱离赞美的层面，以更深沉、真实的口吻来谈论故乡，那就再好不过了。

贾平凹的书《山本》是写故乡秦岭山区的故事，迟子建的书《候鸟的勇敢》写的也是发生在她的家乡那片东北黑土地的故事。在他们这一代作家中，故乡是当之无愧的第一主题，没有故乡的土壤，中国的主流作家很大一部分会无故事可写。一生只能写故乡主题的作家，存在两种可能，一是成为福克纳那样一辈子绝大部分时间都在"邮票般大小的故乡"生活的作家，二是成为逃离故乡定居繁华都市一辈子在书房里依赖故乡记忆写作的作家。中国的作家，大多数是后者。

比如贾平凹，成名之后住进了西安，成了作协的领导，但他与故乡的关系，代表了诸多中国作家与故乡的纠结关系。一方面，作家为故乡带去了知名度，成为老家人的骄傲；另一方面，作家又没法摆脱旧有的家乡秩序与评价体系，会被一些家乡人当成"故乡的逆子"。贾平凹写商州故事，写《浮躁》《废都》《秦腔》，曾被家乡官方组织会议批判，也曾数度被家乡人对号入座、当面质问与谩骂。

相对而言，莫言、刘震云等写故乡，遭受的压力没贾平凹那么大。这是因为，作家们在处理与故乡之间的关系时，使用了更加巧妙一些的文学手段，在情节转化与人物升华上，尽可能做到掩盖掉真实痕迹，让文学形象出面代替写作者说话。但有一点是不可否认的，单单写故乡美好景物与风土人情，是没法让一位作家真正深刻起来的，作家一旦开始用"美图秀秀"式的写作方式来写故乡主题，通常也就到了江郎才尽的时候。

海明威说过，辛酸的童年是对一个作家最好的历练。而童年的痛苦记忆，往往与故乡又有着紧密的联系。像舍伍德·安德森、弗兰纳里·奥康纳，他们的绝大多数作品，都是在舔舐着童年与故乡的痛苦写作而成的。能否正视并超越这痛苦，成为对作家们的一种考验，莫言早早就提出了"超越故乡"的观点，"对故乡的超越首先是思想的超越，或者说是哲学的超越。"如此，作家才能真正摆脱成为"故乡的逆子"的精神压力，成为一名不再被故乡戴上纸枷锁的写作者。

有一部阿根廷电影叫《杰出公民》，讲的是获得了诺贝尔文学奖的作家丹尼尔应邀返乡参加一项评奖活动。在拿到故乡颁发给他的"杰出公民"勋章，并在选美皇后的陪伴下完成全镇巡街的待遇后，丹尼尔意识到自己正在坠入一个圈套：评奖活动希望借助他把大奖评给一个作品拙劣、脾气暴躁的作者，一个父亲带着他残疾的儿子找到旅馆希望他赞助一辆高级轮椅，旧情人的女儿"爱"上了他，制造了一场空前紧张的暴力游戏……只不过几天时间，丹尼尔就从衣锦还乡到成为全镇的敌人。电影结尾，不愿接受家乡人绑架的丹尼尔趁夜色落荒而逃，被旧情人的丈夫和他女婿追杀到荒野。一声枪响之后，电影开始出片尾字幕，诺奖作家生死未卜，留下一个荒诞的、极具讽刺意味的结局。

丹尼尔毫无疑问是"故乡的逆子"，他回到故乡后，其实可以完全放弃自己在外面树立的那些信念与坚持的原则，成为一名讨家乡人欢心的老好人，但环境已经彻底改变了一个人，不只丹尼尔做不到，相信那些逃离家乡的作家们当中，也有许多无法做到违背自己的意愿。

在作家与故乡的关系中，掌握主动权的是作家。作家具备重新为故乡赋义的能力，这种能力又来自作家所站的高度与开阔的视野。而被动的故乡，想要与出走的作家建立"亲密"的联系，只能动用熟悉的方法与模式，包括用一些陈旧的观念与落伍的表达，试图把作家拉进旧秩序里。于是，故乡与作家之间，就有了撕裂般的疼痛关系，这疼痛，关乎情感与血缘，也关乎价值观，非常复杂，难以阐释。

新生代的写作者，是没有故乡的人，所以年轻作家更喜欢写科幻、玄幻、穿越、都市等题材的作品，故乡正在写作群体的笔下逐渐模糊，坚持写作故乡主题的主流作家们，笔下的故乡也变得不像以前那样有味道了，这个时候，更期待有"逆子型"的作家，去勇敢触碰故乡的隐秘与疼痛，写出震撼的，可以成为经典的文学作品。

何以解忧，唯有故乡

每逢老贾的电影将要公映，他的影迷都会感到兴奋。在中国的文艺片爱好者当中，有一批是"贾粉"，老贾的电影必看，老贾的电影必荐。除了贾樟柯拥有的鲜明文艺青年符号之外，还有哪些因素打动了观众？通过贾樟柯的成长经历以及他的作品，我们或能发现贾樟柯背后时代的变化与社会风景。

从《小武》到《江湖儿女》，贾樟柯的变与不变

《江湖儿女》曾剪了一段预告片，画面中廖凡饰演的斌哥聚集一帮"兄弟姐妹"，把多个瓶子里的白酒倒进了脸盆中，众人用玻璃杯从脸盆中舀酒，然后斌哥环顾一圈，豪气地喊了句："肝胆相照，走一个！"众人回应："走一个！"这样的画面很是吊人胃口。

还是熟悉的配方、熟悉的味道，从1997年拍《小武》，到二十一年后拍《江湖儿女》，贾樟柯的镜头没有离开山西，甚至没有离开汾阳，他故事中的主人公，也仍然是他旧时的伙伴、亲戚，以及晃荡在山西那片土地上的人们。

这么些年来，变化的是贾樟柯工作的环境、渐长的年龄、丰富的阅历，不变的是他对青春与故乡的缅怀，对人生与情感独特的体验与审视。在他片中的每一个主人公身上，都可以看到贾樟柯的影子，或许

可以这么说,每一部贾樟柯的电影,都是由"贾樟柯"本人来主演的。

贾樟柯的第一部电影长片是《小武》。小武是一个贼,一起同为贼的好哥们儿洗手不干了,并依靠贩烟成了当地的企业家。企业家结婚的时候没有通知小武,备感失落的小武做了几把,到小店里把一把碎钞换成了整票,去企业家朋友那上礼,结果被拒绝了,说小武的钱来得不干净。郁闷的小武到歌厅认识了一个小姐叫梅梅,小武爱上了梅梅,一次梅梅感冒没有上班,小武找到了梅梅的出租房,房外是喇叭吵闹的大街,房内小武听着梅梅伤感的歌⋯⋯梅梅反复要求小武唱一首歌,小武让梅梅闭上眼睛,然后按下可以发出音乐声响的打火机"嗒叮当叮当嗒叮当⋯⋯"梅梅消失了,小武回了一次家,结果与家人不欢而散。回县城后他的手再次伸向了行人的口袋,结果梅梅让他买的那个传呼忽然响了起来。在派出所,小武看见县电视台正在播放主持人采访行人对惯犯小武被抓获后的感受。警察押送小武走在街道上,顺路办别的事情,顺手将他铐在了电线杆的拉线上,来来往往的行人越聚越多,他们都在好奇地盯着看小武。

《小武》的故事流畅、醇熟,且饱含着浓浓的情绪,把过去县城的枯燥乏味与县城人的无望与焦虑,完美地传递了出来。

在《小武》之前,贾樟柯还有一部习作叫《小山回家》。与《小武》相比,《小山回家》在节奏控制上略显稚嫩,影片所表达的愤怒也显得有些突兀。但贾樟柯说,虽然《小山回家》是他的电影处女作,却奠定了他以后的电影美学方向,这部片子的完成,使他对电影的拍摄、剪辑、发行都有了第一次的经验。在他此后的作品中,都能隐约发现《小山回家》的影子。如《小武》中小武在舞厅里笨拙地跳舞,仿佛《小山回家》里在出租房里跳迪斯科的小山老乡;《任逍遥》中,彬彬在歌厅里边被抽一次耳光问一次"高兴不高兴",那个近似于偏执狂的孩子固执地说了几十个"高兴",这个镜头很容易令人想起贾樟柯在《小山回家》中出演的角色。在短短几分钟的镜头中,贾导滔滔不绝说了不下一百句脏话。至于《小山回家》中所使用的嘈杂的背景音,更是延续到他以后的每一部作品中。

在"故乡三部曲"(《小武》《站台》《任逍遥》)之后,贾樟柯有段时间着迷于纪录片,从2007年到2011年,一口气拍摄了四部纪录片(《无用》《二十四城记》《海上传奇》《语路》)。这四部纪录片当中,《二十四城记》在院线公映过,影响比较大。

《二十四城记》镜头所对准的普通人,在退休后的家中,在厂办,在公交车上,在拆除了一半的厂房内,叙述着和他们生命曾经息息相关的420工厂。这个造飞机的工厂,曾带给他们荣誉,如今留给他们更多的却是伤痛。《二十四城记》的每一个镜头,分开来看毫无寓意,镜头语言的直白和朴素,那么直愣愣地直扑眼底,让观众只好去关注镜头中的人,和他(她)成了直接的对谈者。但由这些镜头组合起来的整部电影,却奇异地构成了一种可以令人沉静下来的力量——对过往的追忆带来的感伤,化为嘴角的淡然一笑。

从《天注定》开始,贾樟柯"如梦初醒"般,对剧情片又焕发了巨大的热情,拍摄了《天注定》《山河故人》这两部佳作,另外还有一部片名为《在清朝》的故事,一直在酝酿当中。

在《天注定》中,贾樟柯仿佛要证明自己讲故事的能力。选择四个人物、用四段故事来完成《天注定》,不排除贾樟柯是为了弥补以前他在密集情节创作方面的不足。用四个底层人物的命运,影射近年发生的四桩大事件,反应中国社会的现在进行时,贾樟柯以他擅长的角度和技巧,捧出了《天注定》,也捧出了他一直蓄而未发的野心。

到了《山河故人》,贾樟柯彻底打消了一些人认为他"不会拍故事片"的疑虑。一旦当贾樟柯的作品变得外向、导演更愿意把感情付诸于镜头，他还是能够去赢得本不属于他的观众。如果说《天注定》还有较强的社会属性和纪录片特质的话，那么到《山河故人》的时候，贾樟柯已经可以走出纪录片惯性，来拍一部正儿八经的商业故事片了。

《江湖儿女》可以视为贾樟柯对《天注定》与《山河故人》创作风格的延续与升华，2018 年 4 月该片入围第 71 届戛纳国际电影节主竞赛单元，让影迷对它更加好奇，的确是这样，贾樟柯总是能调动起影迷对他的窥探心理，某种程度上，贾樟柯与他的电影是一面镜子，通过这面镜子，影迷们可以更加清楚地观察到一代人的过往。

青少年时期的贾樟柯，永远比孙悟空更头疼

贾樟柯的文笔好，在没有他电影可看的日子，影迷可以通过图书、杂志、报纸、微博、公众号等多个渠道，阅读到他撰写的回忆文章与评论文字。在这些篇目当中，那些谈及自己青少年时代的故事，分外具有传奇性与悲剧性，文字中涌动的情怀，经常让读者产生共鸣。朋友圈被贾樟柯文章刷屏，几乎每隔一月就会发生一次。

"想起小学忘了是几年级，四果子他妈拿个双管猎枪到实验小学找我，要爆了我的头。"在《天注定》获得第 66 届戛纳国际电影节最佳剧本奖后，贾樟柯转发了一条自己写于一年多前的微博。这恐怕是贾樟柯对于童年回忆里最为难忘的一笔。"四果子他妈"恐怕也不会知道，当年她的这个举动，会成为后来贾樟柯创作一部电影的灵感来源之一。事实上，贾樟柯在长久以来，一直没能走出他的青少年时代。所谓的青少年成长阴影，某种程度上成就了导演贾樟柯。

贾樟柯在回答记者提问时,曾亲口承认"我的青春没完没了"。高二时期,贾樟柯与同学成立了一个诗社,叫"沙派"。为什么叫"沙派"?原来当天诗社成立时,外面刮很大的风,到处都是沙。诗社成立后,还自己排版出了两部诗集,油印了三百册左右,到处送人。回忆当年写的第一首诗,贾樟柯依稀记得那首诗叫《就这样》:就这样吧,一只燕子飞回来又飞走了……当时贾樟柯暗恋上篮球队的一个女孩儿,就写了这首诗。贾樟柯记得当时她个子很高,穿一身蓝色的运动服。

　　在写诗之余,贾樟柯还学过霹雳舞,自己做了一双阴阳舞鞋,黑的那面是贾樟柯自己画的。

　　贾樟柯有一篇文章,题目叫《我比孙悟空头疼》。在文章中写到1990年时,他高中毕业没有考上大学,不想再读书,想去上班自己去挣钱。贾樟柯那时觉得,自己要是在经济上独立了,不依靠家庭便会有些自由。对此贾樟柯的父亲非常反对,父亲因为家庭出身不好没上成大学,非常想让贾樟柯去圆他的梦。父亲的期望,被贾樟柯认为是家庭给他的最大的不自由。后来,贾樟柯去了太原市,在山西大学办的一个美术考前班里学习,这是他与父亲相互妥协的结果。最重要的是,他可以离家去太原市享受自由了。

　　对贾樟柯产生重大冲击的,是有一次他找一个在太原上班的同学玩,到了同学那里,没想到他们整个科室的人下班后都没有走,陪着科长打扑克,科长不走谁也不走。好不容易散伙,贾樟柯的同学说天天陪科长打扑克都快烦死了,贾樟柯说,他们打他们的,你就说有事离开不就完了吗?他说不能这样,要是老不陪科长玩,科长就会觉得我不是他的人了,那我怎么混?从此,贾樟柯对上班失去了兴趣。

　　在《我比孙悟空更头疼》这篇文章中,贾樟柯表达了青少年时期种种令他头疼的事。如果不能做自己喜欢的事情，无论到哪里都是在服劳役。老贾在文章里还讲到，小时候自己常常站在院子里，面对蓝天希望像孙悟空那样逃离身边的一切，但最后终于知道，即便是孙悟空一个跟头翻十万八千里，也照样逃不出如来佛的掌心，于是他得到了这样一个结论："我悲观，但不孤独，在自由问题上连孙悟空都和我们一样。"

为了给青春留下纪念，贾樟柯把他写的以前时候的故事，集结成了一本书，这本书被他命名为《贾想》。《贾想》充满他的童年记忆，混乱不知所措的青春期，对未来的惆怅，还有那个在他生命里留下深刻印痕的小城市——山西汾阳。

在大学的放映室或讲台上，在国际电影节的颁奖礼上，在和其他著名导演的访谈中，青春的记忆片段随时会涌上他的脑海，并成为他诠释自己电影作品的最好注脚。这些感言传达的重点不是对电影的理解和认识，而是自然地袒露一代人的精神成长史，或者他们曾经的遐想和疼痛。

《贾想》中有一篇名为《2006年暗影与光明》的文章，在文章里，贾樟柯写下了他在未通知任何人的情况下，潜入曾经生活过的山西大同，推开亮着灯的小酒馆，众朋友正在推杯换盏。可以猜测到，这样的重归友情怀抱和每次贾樟柯将摄像机对准故乡和青春，是有着关联的，或许只有在这熟悉的语言环境和这片熟悉的土地中，他的创作欲望与才能才会被最大程度地激发。

这么多年来，贾樟柯一直在用真诚，努力靠近着那些藏在暗处的人们——他的主要观众群二十世纪七十年代出生的人。这代人都曾有过想做一个孙悟空的遐想，也都有过不知道未来在何处的痛苦。他们习惯在深夜把一部贾樟柯过去的电影作品搜索出来，像少年时进录像厅一样，默默而安静地看着，看完后不发一言。

陈丹青曾评价说，贾樟柯是"和他们不一样的动物"，这里的"他们"，指的是第五代导演。但作为为整整一代人提供了一个精神的出口的导演来说，贾樟柯的背后，的的确确存在着大量和他一样的动物，他的"不孤独"，也源自他知道自己不是被孤立的。在艺术价值上，贾樟柯为中国电影和世界电影之间搭起了一座桥梁；从社会意义上，贾樟柯更是为后一代人了解他们的哥哥姐姐们搭起了一座桥梁。

贾樟柯今年四十八岁了，但他一直是用电影记录青春的大男孩。在为《江湖儿女》宣传时，他在工作人员的帮助下，用抖音发布了一条打太极拳的短视频，虽然有不少网友调侃他"打贾拳""打得实在一般"，但视频里那个已经发福的贾樟柯，宛若少年。

中年贾樟柯，此心安处是吾乡

2016 年，贾樟柯回到自己的出生地山西汾阳贾家庄，回到这里后他做了几件大事，包括开了一家名为"山河故人家厨"的餐馆，主打的主食是山西刀拨面。在餐馆里，放置了多座贾樟柯在国际上获奖的奖杯。兴建了一处"贾樟柯艺术中心"，开设了一间"贾樟柯种子影院"……一时间，贾家庄成为文青们向往的地方，有人开玩笑说，贾樟柯用了不到两年的时间，把贾家庄变成了类似丽江、798 工厂这样的小资圣地。

2016 年的时候，有一股"逃离北上广"的热潮，贾樟柯恰好赶上了。在最初的时候，贾樟柯向媒体解释逃离北京的理由时，说北京的空气不好，但随后，他认真地探讨了自己回归故乡的原因：空气不是唯一的理由,因为汾阳的空气也不好。骨子里,他只是希望回到小时候一起长大的老友身边,这些老友会叫他的小名"赖赖","只有在老友前,我才可以也是一个弱者,他们不关心电影,电影跟他们没有关系,他们担心我的生活,我与他们有关。"——贾樟柯这么说的时候,有种想哭的感觉。

人到中年,忧愁上身,这大概也是贾樟柯想要回到家乡的重要理由。在四十七岁那年,一次聚会时,相识多年的老同学依然习惯聚集在酒店房间里打牌,贾樟柯想一个人走走,到院子里骑了同学的摩托车漫无目的地开了起来,不知不觉间穿越了整个县城,进入一条熟悉的村路,村路的深处,有他曾经朝夕相处的同学。同学出门了,他在同学父母的陪同下走进同学的房间,看见一本二十世纪八十年代出版的《今古传奇》杂志,还有一本《书剑恩仇录》,难道这二十几年,日日夜夜,他就是翻看着同一册杂志与小说度过的?在骑摩托车返程的路上,夜色很黑,贾樟柯想:"在这一片漆黑的夜里,他会不会也和我一样经常忧愁上身?"

贾樟柯回山西成了香饽饽,除了在贾家庄频繁有动作外,他还在距离贾家庄几十公里外的平遥办了一个国际电影节。据他说,这个电影节原本打算在他的家乡汾阳办的,在操办的过程中,平遥方面的人找了过来,有现成的大厂房可以改造成电影院,于是,汾阳电影节就变成了平遥电影节。

平遥电影节虽然是第一届,但阵势搞得却不小,他请来了威尼斯电影节主席马可·穆勒担任平遥电影节的艺术总监,选取冯小刚导演推迟公映的《芳华》作为开幕影片,整个电影节影片的展映阵容,大师与新人兼顾,平遥电影节可谓"一出生就风华正茂"。尽管是第一次举办,平遥电影节已经具备了国际规模。现在的"国际电影节"太多了,尤其是国外各类山寨的"国际电影节"满天飞,以给烂片发奖盈利。贾樟柯为自己创办的电影节冠以"国际"二字,愿望还是想真正办出国际水平,而不靠"国际"这个噱头吸引关注。谁都知道,比平遥电影节更有品牌效应的,是贾樟柯的名字。

这么多年来贾樟柯在外"追名逐利",用家乡的故事换来了名声,但与故乡的关系却变得糟糕。他的朋友曾大骂他忘恩负义,答应的事情一拖再拖,他的发小也因为他不接电话、迟迟不回短信而有怨言。"当你成为名人,你也在慢慢成为'坏人',因为你满足不了所有人的愿望。"——朋友的这种安慰,启发了贾樟柯,他开始想要修复与家乡的关系。比如去不了朋友父亲的寿宴,他会托人把礼物带着,只为了"顺着朋友的意,让朋友高兴。"

《山河故人》公映的时候,有评论认为贾樟柯遭遇了中年危机。贾樟柯虽然并没有直面"中年危机"这四个字,但却用行动来抵抗每个人都会面临的"中年危机",只不过,他比一般人更愿意离开繁华,到一个令人心安的地方,寻找生活的真实一面与精神的充实之地。

贾樟柯依然会在包括北京、东京等世界城市工作,但因为把根重新扎在了贾家庄,他完成了一次具有实质意义的"文化还乡",在见识了世界的广阔之后,在对城市文明的繁华熟视无睹之后,只有在自己的故乡以及与故乡类似的地方,一位文化人、一名创作者,才能找到灵魂的悸动,才能妥帖地安置游荡不安的心灵。往大里说,贾樟柯在为小城文化注入国际元素,往小里说,这何尝不是他的一种私念体现——此心安处是吾乡。

愿故乡的风、故乡的云、故乡的酒,可以真正安慰贾樟柯的心,卸掉一名中年人才有的忧愁。

第三辑

远与近

故乡的春天

在家禁足了一个月，每天最经常做的事情之一，是到阳台上向外张望一会儿。目光所及之处，是一条新开不久的高速公路，车很少，宽阔的高速公路笔直地通向远方，究竟有多远？我想大概是世界尽头吧。

故乡朋友有人发朋友圈，说"春天来了"，并晒了图。那些图明明是常见的鲜花、嫩叶、青草，看上去却有些陌生。是的，不管冬天有多漫长，不管疾病有多疼痛，春天该来总会来的，也许会迟几天。当从窗户缝隙中挤进来的那股风吹到脸上时，就能明显接收到那种信息：春天来了。

我能想象，故乡此刻的春天，正在一条河流上岸。春天从哪里来？春天最早就是从河底这样的地方来啊，春天不吭声，但每条河的春天都是一样的。最早的时候，春天被藏在河底的泥沙中，藏得很深很深，保险起见，冬天这个"暴君"还给河面加盖了一层冰层，春天就这样被彻底封存起来了。

春天的到来，是伴随着第一块冰的融化开始的。冰雪融化的速度与样子，是这个世界上令人开心的事情之一。一粒冰在阳光下变成一滴水，这是春天的秘密之一。一滴水渗入土地或者汇入河流，就像掉队的士兵融入大部队，等你注意到春天来临的时候，"大部队"已经浩浩荡荡了。

浩荡是水面。水面上的波纹,开始的时候是小范围的,随着地盘的扩展,波纹便有了阵容,有了声势。如果每天到河边走走,就会发现河水以"天"为单位,每天上涨一厘米,每天上涨一厘米,你会觉得饱涨的春天已经无法忍耐待在淤泥里了,急不可耐的春天就差在某个突破口一下子迸发出来了。春天穿透河面的时候,是会冒泡的,如果你关注河面,看到时而有气泡莫名其妙地炸裂,不要怀疑,那是春天在开心地呼气。

　　浩荡的当然还有风。别跟我提夏天、秋天、冬天,这三个季节的风各有特色,但肯定没有春天的风浩荡。春天的风是均匀的、平缓的,它们约好了从河岸的边上出发,在一个时间点集结登陆,上岸之后它们就沿着道路、庄稼地、树林聚集,然后上升、再上升,等到它升到十几层楼高的时候,便谁也阻挡不住它了。

　　春天的风瞬间吹遍整个北方。整个北方像一个气球,被一张鼓起的嘴一下子吹满了,不能再吹了,再吹春天就要溢出了、爆炸了。爆炸的春天可不得了,它们会让那些各种颜色的花跟随着一起"造反",一起"爆炸",不信你看那些被春风吹过的花朵、花骨朵,哪一个不是一碰就炸、嚣张的样子。

　　不会的,春天的风不会这么张扬。就算它动员起了所有的花草树木,甚至叫醒了地下密集的种子,但当它来到你窗户前的时候,还会提前刹住车的,像一个内心大方但表面上又很害羞的人,不敲窗,不说话,就那么在窗外荡漾着,等到你主动地去发现。

　　当你的脸接触到了春天,你会感到快乐和充实。这是因为春天不偏心,春天带给每个人的信息量都是一样的,不管你的脑海里装着什么,春天都会借助风的吹拂一下子给你清零,然后换上满满的一副春天的景象,让你觉得立刻对生活又有了信心,想对着窗外大喊几声。"春天像一个约定",这么土气的比喻,在二十世纪八十年代就有了,可它像真理一样不可推翻,因为在收到这个约定之后,你会想马上出门,甚至不愿意浪费一点时间换上春装,去见春天干吗要在意穿什么衣服啊,能见到就好了,能在春天里就好了。当你走进春天的怀抱,就会觉得天地真开阔、世界好大,你在波浪一样一阵阵涌来的春风里,虽然觉得自己渺小,但却宛若站在世界中心。

我还站在窗子前,没有出门,但我已经明白无误地告诉了你春天从哪里来。春天从哪里来?春天从河岸底下来,如果离你家不远处有河岸,不妨抽个空就出发,去逮春天吧。

那个冰凉的夏天

今年立夏过后，北京还没有要热起来的样子。这倒没什么奇怪的，北方的冬天结束得晚，夏天自然不会来得早。估计像这样可以享受初夏的好日子，不会再有几天了，酷夏的来临，总是不声不响的——某天早晨出门，刚走出楼道，如果感觉到像是被太阳迎头闷了一棍子，那就是北方的夏天不折不扣地降临了。

我曾说过我喜欢初夏：初夏比万紫千红的春天还要可爱，当那些开得过分嚣张的花朵们纷纷落地入了泥，绿叶便成了主角。绿叶是好看的，因为娇嫩，尤其是在闪亮的阳光下，绿叶总是让人心里充满欣欣向荣的意味。风在初夏时，是绿叶的好朋友，它们喁喁私语，不时欢笑，累了便静默。绿叶特别珍惜这段好时光，因为到了秋天，风便无情了，像刀子一样收割它们。

初夏的那种冰凉意味，才是夏天最大的魅力所在。走在初夏的时光里，皮肤的触感明明是凉的，但皮层之下却有一种莫名的暖意，这一凉一暖互相交织，能催生出一种莫名的快意，让人想唱歌，想在公园里的小路上猛跑几步。喘着气呼吸初夏，这是对初夏最好的爱，经过初夏的风的洗礼，肺腑里的那些浊气，才算彻底被清除了出去。

我是个怕冷不怕热的人，除非穿越城市路面上的"热岛"会觉得燥热难耐之外，更多时候觉得夏天也不过就是那么回事。夏天等公交够热吧，但只要车站有一棵树，树下有一点儿荫凉，站在这荫凉里便觉得一阵阵涌来的热风也不是那么难以忍受。没有树也没关系，举起手里卷着的一本杂志当伞，也差不多能营造出类似的效果。

当然这是在北方的缘故，南方的夏天，足以轻松地把一个北方人放倒。记得去年夏天在乌镇，除了天快黑时能出去走走，几个白天丝毫不敢迈出门，只要离开空调房间，就会被阳光与热浪组成的"闷棍"一棍子打回来。

对夏天产生好感，要追溯到上初中时的某一个早晨。那天早晨我骑着自行车赶往学校上早自习，从家里出来，要经过一条长长的巷道。过了自来水公司的大门，再往前一两百米，就是县城的一条主干道了。差不多就是在自来水公司门口的时候，我抬头看见巷道尽头一辆洒水车播放着音乐得意扬扬地驶过，留下一条湿漉漉的街道，重点不是在这儿，重点在于街道的路边有一棵大杨树，普普通通的大杨树，但在洒水车驶过的那瞬间，杨树仿佛突然有了灵性，像是个婀娜的女子那样，竟然摇动起身姿来。摇动起身姿倒也罢了，浑身上下的叶子，居然也跟随着跳起了舞——你能想象出一棵树连树干带叶子一起跳舞的情形吗，反正那一刻我是看呆了，当下便决定记下这一美好的瞬间，记住夏天带给一个少年精神世界的撞击。

同样是那一年的夏天，我忘了从哪里得到五块钱，可能是捡废品卖得来的，也有可能是某位长辈一高兴给的。在二十世纪九十年代初，五块钱对于一个孩子来说也算是一笔巨款了，在想来想去怎么花掉这笔巨款后，我决定去买冰棒。五毛钱一根的冰棒，是最奢侈的食物。我记得童年时曾无比羡慕那些可以敞开了吃冰棒的孩子们，曾想过如果有一天自己有了钱，一定要买很多很多的冰棒，一次吃个够。可我等不到长大成人挣钱了，在那天就决定要当一个奢侈的人。于是，在电影院门口的一个冷饮摊，我在不到一个小时的时间里,吃掉了十根冰棒,打出的嗝都带着寒气,整个人像是刚从冰窖里走出来,走向电影院看电影的时候,整个人都是满足、快乐无比的。现在回想起来,还是会有点起鸡皮疙瘩。那个冰凉的夏天,就这样定格在我的脑海里。

夏天最热的时段通常是午后两点左右,但最难熬的时段是晚饭之后。刚吞进胃里的食物在制造着热量,降温的方式就是冲一个凉水澡。在乡村的时候可以跳进河沟里,在夜色与河水的双重"夹击"下,迅速能凉快下来。到县城生活之后,没有河沟可以跳,就只能用自来水了。好在自来水在放出一段时间后,会变得凉凉的,那些凉的自来水,如同一股来自幽远之处的山泉,从头浇到脚,再热的人,也会很快有打哆嗦的感觉。

冲完了凉,回房间里睡是不可能的,被大太阳晒了一整天的屋子内,像蒸笼一样难以忍受。可房顶就大大不一样了。在房顶铺一张凉席,起初的时候,被留在房顶水泥地面上的暑气,还会穿透凉席让脊背感到发烫,但用不了多久,等到星星都亮相的时候,等到月亮升到头顶端的时候,白天的热就被夜晚的凉打败了。到了下半夜,有时候还会被冻醒,那是露水的功劳。摸一把脸上,是湿漉漉、滑腻腻的,但手感很好,明显是露水的透明与清亮,而不是汗水的油腻与污浊。这个时候是不舍得醒的,是要一定更深地熟睡下去的,良宵苦短,被露水包围的夜晚,当然是良宵最值钱的时刻。

因为有了这些记忆,我不怕夏天。有时候坐在办公室里,被开得太冷的空调冻得够呛,还会主动到外面走走,这样的时候就感觉自己像一根冰棍,要融化在夏天温热的口腔里了。人在夏天,是不是感受力会变更敏锐?不晓得别人是不是这样,反正我是的,我与夏天,真是非常匹配了。

麦浪,麦浪

给你讲一讲麦浪的故事吧。麦浪其实是没有故事的,我只记得有两句诗歌:"三月轻风麦浪生,黄河岸上晚歌平。"当然还有其他一些诗人的诗,他们写过不少关于麦浪的句子,有一个现代诗人写过大量与麦子、麦穗、麦浪有关的诗,有人戏称他为麦子诗人,可惜后来他卧轨自杀了,充斥着村庄和麦香、黄金与白马的诗歌时代也已过去,所以就不打算和你谈关于麦子的诗歌了。

可是关于麦浪我又能编造出什么故事来?你没见过麦浪,不等于没见过麦苗;没见过麦苗,可总见过麦子吧?没见过麦子也没关系,我可以告诉你,你吃的面粉做成的食物就来源自麦子——关于麦子我只能告诉你这些了。但是麦浪的秘密你是不知道的,这让我有些神气起来。对于一个在麦田里举过镰刀的人来说,编造一点儿和麦浪有关的故事还是有生活基础的。

麦浪我也仅仅见过一次。在我十几岁的一个清晨里,天还没亮,我就在屋内听到院子里奶奶寻找镰刀的声音。奶奶那时候老了,变得啰唆和唠叨。她出入于东屋、锅屋、偏房、走廊,踮着小脚搬来椅子踩着到门楼上,那些散落在各处的镰刀被她叮叮当当地扔到院子中央。院子里的自来水管响了一会儿,然后响起磨镰刀的声音。奶奶一边在磨镰刀,一边在埋怨镰刀锈了,才一年没用,怎么锈得这么厉害。她还埋怨我和妹妹,这么晚了,怎么还不起床。麦子该割了,雨水刚下过,太阳太毒,再不割麦子就是熟掉头了。

我、妹妹和奶奶三个人站了清晨的麦田边。太阳在背后大大的,还是蛋黄的颜色。大片大片的麦田中寂寥无人。我的奶奶开始埋怨天气,凭借她的记忆,她蛮有把握地认为这天已经足够到了收割麦子的好时候。可是到了麦田边,还是发现我们来早了,很多的麦穗还是青色的,很多的麦叶也是青色的,我想那在穗子里被包裹得严严实实的麦粒,也是青色的……奶奶说,怎么办,来就来了,把麦子割了吧。麦粒已经灌完浆了,割下来放在田里晒一天,麦粒就熟了,再也不能等了,等到下一场大雨,刮一场大风,麦子就全烂在田地里了。

在我弯下腰左手刚刚握住几棵茎叶冰凉的麦子时,一阵风从背后凉凉地爬了过来。紧接着像有人在背后推了我一把,我不禁站起身挺直腰来抵抗风力。我的目光所到之处看到的景象让我惊呆了:整块麦田像海浪那样波动起来,整块麦田成了一块巨大的绿色绸子,像是有人在遥远处不停地用手抖动着它。抖这块绸子的人不止一个方向有,东南西北都是有的,因为我看到麦浪在随时变化着方向,像是有个顽皮的巫婆穿着她那巨大的斗篷在麦田里左突右突……

风揭穿了麦田内部的秘密,麦浪起伏处,隐约可见各类瓢虫从麦体的中间展翅飞起,把蛋生在了麦子深处的鸟惊慌地射向了高空,在天上盘旋鸣叫,我还记得那鸟鸣叫的声音,“布谷,布谷,不哭,不哭”——这是一些更小的孩子的说法。当然,在麦子根处,也是偶尔可以见到田鼠和蛇的,这个时候就要握紧镰刀,防备它们从你的脚下窜过去。麦子本来就是有香气的,你没到过麦田,相信你也能通过想象有所知道。单纯的麦田的香气是潮湿的、浓郁的、带着一点点青草的腥气。可麦浪起时味道就不一样了,这香味里掺杂了一点点泥土的味道,各类虫子飞起时带来的虫体味道,这麦浪的香气那么狂野……

如果让我用一个词来形容麦浪的话,也许我只能用狂野这一个词语了。你能了解一个少年站在田野中间,站在天与地中间被风吹荡着的感觉吗?那一瞬间整个世界没了别的人,也没有了别的植物,他的眼睛里是大片大片麦子的舞蹈。千千万万株麦子,它们有的粗壮,有的细弱,可在风来时它们都仿佛一下子鼓足了勇气,尽管是倒下的姿态,可仍然能令人震惊的看到它们想拔地而起的愿望。风是它们的摇滚乐哪。麦子也有疯狂的时候,那时刻它们大概忘记了自己是人们的食物,那一刻它们身上具备了某一种灵性。但我相信它们不是出于即将被收割的恐惧,而是在生命最辉煌时集体参与的一次朝拜。

麦浪起伏,一个少年的懵懂被惊醒。在这狂野的麦浪前,我觉得自己渺小得像个七星瓢虫。我摘掉了黑框的眼镜,麦田在我眼里清晰无比。麦子对我敞开了它们的怀抱,让我看到了它们打开的内心。麦子像我一样几乎具备了脆弱和坚强两种性格,这种心灵深处的认同感,让我举着闪亮的镰刀向麦田深处走去。麦叶划动着我的裤管,纠缠着我的双腿让我行走艰难,可这阻止不了我试图在麦田里奔跑起来。只有奔跑,才能让我感觉自己也是一株麦子,沉睡过一个冬天,被雪覆盖一个冬天,等到春天来临,雪像眼泪一样渗到土地深处,那眼泪带来的营养,遇到温暖的风就会疯长起来。如果五六月的时候,经过一场风一个太阳的毒晒,用手指测量,你会发现,几乎每天麦子都会以一个指头那样的长度生长。等它生长得足够高,经历过几场大风大浪之后,也就到了它生命的尽头了……

也许我这么说是错的,麦子的生命是没有尽头的,它在我们的身体里以另外一种方式活着。我怀疑我这些年我吃的麦子都是在温室里长大的,因为我从没从它的味道里品尝到风暴的味道。在麦浪中起伏过的麦子,它的内心会更成熟而沧桑些吧……这就是我给你讲的麦浪的故事,它其实不算一个故事,因为连我都忘记了麦子什么时候成熟,什么时候收割,我们住的城市里看不到一株麦子,那些麦子在遥远的地方……

乡村暑假

暑假又到了。没想到作为一个大人，内心竟然还是隐约盼望着暑假的，省去了每天来回接送孩子的辛苦只是原因之一，最重要的是，又能体会到那种悠长的时间感了。

炙烤着大地的阳光，没完没了的蝉鸣，午后一片寂静的街道，慵懒的树叶在等待着不期而遇的一阵风……关于夏天的场景太多了。然而最珍贵的，仍然是夏天的漫长。整整一个夏季里的每一个日子，都像是被拍扁了、拉长了，可以放心地睡，散漫地打发时间，忙完了所有事情之后抬头看见日头仍然高挂上空。

据说，夏至是一年当中白昼最长的日子，但因人而异，许多人感到夏天漫长是被各种各样的因素左右的。我记忆里最漫长的一个夏日，是中午时分进县城电影院，连看了三部电影之后，走出黑暗的影厅，迎头被扑面而来的日光包围，那一瞬间有些恍惚。三部电影就是三种不同的人生，从别人的故事走到自己的现实当中，那种失重感与火辣的日光相得益彰。那一刻我甚至觉得，黑暗永远不会来临，世界将永如白昼。

现在回忆我上小学、中学时的暑假，几乎想不起什么故事。夏天的炎热仿佛也让记忆化成了水，在这片亮汪汪的水影当中，过去的日子如一片片墨绿色的浮萍飘来飘去。不要尝试去打捞什么，这种想法是徒劳的。

乡村里的暑假，被田野承包了。漫天遍地的庄稼，数不清的小河沟，伏在河堤上被人打死的大蛇，制造着乡村那种迷人中又带着些许惊惧的气息。酷暑中的乡村，人都不知道去哪里了，只剩下庄稼和树木在疯长，还有不听话的野孩子在出没。

在一条大河的桥面上，用手捏住鼻子纵身跳入河中，大约有三五个孩子，我们就那样周而复始，仿佛是斗气一般地，话也不说，就是跳下去、爬上来、再跳下去又爬上来。直到耳朵里被灌了水，耳膜嗡嗡作响，皮肤也被泡得又白又皱，才会垂头丧气地往家里走去。

有几年暑假我是在姑父家度过的。我喜欢去他家里过暑假，因为不用干活儿。姑父是个疼爱孩子的人，我只在他家的田地里干过一次活儿，就是开着他的拖拉机在泥水田里横冲直撞，以每小时不足3公里的速度。第一次看到如此庞大的机器在我脚下吃力而又不懈地前进，这种力量感让我着迷。

姑父经常在傍晚的时候，带我去村外的河里洗澡。在一篇文字中，我记录了当时的情境："记得那个夏夜空气燥热，而河水温润。我手里握着姑父给的一条白毛巾，浮躺在缓慢流动的河水里。远处的村落静谧无声，夜空的颜色是一种神奇的湛蓝。月光与星空倾洒在河面之上，从某一个瞬间开始，我的毛孔仿佛被无声打开，整个人的重量开始变轻。觉得自己变成了河面上的一片树叶、一条小鱼、一只不慎落水又挣扎着跃出水面的小鸟。"

因为这些暑假的生活片段，姑父的村庄一度成为一个诗意的名字。我们举家迁往县城之前的那个暑假，我在姑父的村庄道路边一户人家的墙后，在一片厚厚的青苔里，埋下了一枚硬币。当时心里想的是，几十年后，等我回来了，希望那时候揭开青苔，仍然能惊喜地发现这枚硬币。

县城里的暑假也不枯燥。一个人如果能够拥有一个属于自己的内心世界,那么无论到哪儿,他的内心都是丰沛的。我记得自己登上了一座又一座大楼的楼顶,穿过了一道又一道的弯曲小巷,骑着自行车把午夜的街道逛了一遍又一遍。夏天的星空真好,月光照射着街道,让街面上那些被丢弃的垃圾都披上了一层银色,成了奢侈品,让人想伸手去捡。

县城里的图书馆,是消耗掉暑假时光的好地方。图书馆是要趁刚开门的时候去,早去可以抢先拿到自己喜欢的报纸或杂志,选到一个离窗户与阳光远一些的座位,吹着阅览室房顶风扇送过来的微风,掉进文字海洋里,凉爽、舒适、放松。博尔赫斯说:"如果有天堂,天堂应该是图书馆的模样。"后来这句话中的"图书馆"被改成了"电影院",改得也蛮好,也成立。

暑假让人记忆要么变得很好,要么变得很差,我算是后面一种。后来回想,为什么我的暑假没有故事?现在想到了,那是因为当时总是一个人独来独往,与人拉帮结伙的时候不多。独来独往与夏天多么匹配,唯有内心的空旷,才能抵挡夏天的漫长,唯有那点想象出来的孤独,才能像冰块一样点缀夏天……

现在的孩子们不知道怎么过暑假,按照我的想法:扔给他们一片田野,一个陌生的城市,就足够了。

认识一百种植物

往年暑假,我会带孩子全国各地跑。今年改主意了,想整个暑假的大多数时间,在老家待着。女儿上四年级了,以前从未在老家停留超过一周的时间,自然对故乡风物少有了解。征求她的意见,她立刻同意了,因为在她看来,县城与乡村的生活,是完全陌生而新鲜的。

像往常一样,回老家的前几天是各种饭局聚会,忙完这些,便可去树林、田野与自然中了。住所的马路对面,是一片数千亩的栗子林,步行过去也就五分钟的时间,从前是需要骑着摩托车过去的。小城扩张得很快,当年的荒凉之地,如今也有了繁华的味道。

这片栗子林,在我的少年时代留下了许多记忆。以前的夏天,我经常到这里,找一棵看上去最大的树,把自己"镶嵌"到树杈中,睡一个很香的午觉,或者拿着一台装着黑白胶卷的相机,拍些照片……栗子林中总是阴凉的,从来不会感到酷暑的威力。

雨后的栗子林,脚下的沙土踩上去软软的。我给女儿指树叶间结的那些果实,一开始的时候,和树叶同色的栗子壳很考验视力。等到眼睛适应了林中的光线,那些浑身长着毛茸茸绿刺的栗子,便一个个现出原形来,它们的身体都是圆乎乎、胖嘟嘟的,看上去很萌。

女儿吃过炒熟的栗子,但却是第一次近距离看到刺猬一样、正在生长发育期的栗子。她很开心,有一点小心翼翼,不敢触碰栗子壳外的绿刺。我把枝头拉低,让她像我一样,用手指轻轻触碰绿刺,手指传来轻微的痛感,这是栗子在保护自己。"看到没有,栗子年纪轻轻,就懂得用浑身的刺来保护自己了。"我对女儿说。

在一片片的栗子林中间,会有一小块一小块的土地,这是附近的人开辟出来的,种了一些容易生长的庄稼,比如高粱、绿豆、豇豆、玉米、落花生等。这些食物,出生在城里的小孩子们多是吃过的,知道它们的味道,却不知道它们是在什么样的"身体"上结出来的。摘了几枚提前熟透的绿豆荚给女儿,她站在小路上开心地剥了起来。一粒粒翠绿的绿豆,从黑黄的豆荚中蹦了出来,像是冲破黑暗,带着新生的喜悦。这十来颗绿豆被女儿带回家放在玻璃杯里保存了起来。

花生正是生长繁茂的时候。每一株都是那么葱茏,每一片叶都是绿意盎然,片片营养充足的样子让人喜欢,没有一片"面黄肌瘦"。土地真是神奇,土壤真是"汁液"丰富,投进去一些种子,就能给你贡献出一块充满希望的粮田。花生的肢体与叶片,吸收着阳光的能量,欣欣向荣。本来干瘪幼小的花生果,在伸手不见五指的土壤里变得洁白、饱满,等到有一天被人们一锹挖出或者一把拔出,那些果实也会在突如其来的光亮下抖擞起来。

女儿对于花生的这种生长、结果方式很好奇,她蹲在一株花生面前研究了许久,想要弄明白花生地上部分与地下部分的关系。一些粮食,是挂在枝干上成熟的,另外一些粮食,则是埋在土壤里成熟的。它们都是可爱的粮食,如果不了解它们的生长与收获过程,又怎会对它们心生热爱呢?

我是做过农活儿的人,自认为认识所有的庄稼,但这一次还是闹了点笑话,误把一株高粱认成了玉米——这是怎么搞的,为什么现在的高粱叶子,会那么像玉米叶子? 我记得以前,高粱的身材是高高瘦瘦的,叶子也是细长的。但那天看到的高粱,分明长着玉米一样宽宽的叶子。最后帮我确定那株植物身份的工具是手机里安装的植物识别软件,拿出手机,打开拍摄功能,对着目标拍一张图,用不了两秒钟,答案便出来了,这真是植物盲的福音。

记得看过一篇文章,说在大城市出生并长大的孩子,最多认识二三十种植物,有的甚至还认识不了这么多,这是完全可能的。韭菜与麦苗有什么区别?大人都不容易分辨出来,更别说小孩子了。

在老家大自然中闲逛的那几个早晨,女儿只认识路边各种草中的一种——狗尾巴草,这种草的知名度实在太高了,估计所有小朋友都认识。但除了狗尾巴草,其他像稗子、小鸡草、彩叶草、沿阶草、刺蓟、葎草等等,一律都是认不出来的。我能认出来,也是借助植物识别软件。以后能认出田地里一半以上植物的人,哪怕是农民,都不会太多了,再以后,恐怕绝大多数人,想要知道植物的名字,都得依靠软件与互联网。

女儿在路边发现了一种独特的植物,叶片很肥厚,周边长了几枚小刺,形状,按她形容,像牛魔王夫人用的芭蕉扇缩微版。我很好奇地用手机扫过去,给出的答案是它的名字叫"猫儿刺",也叫"老虎刺",意思是这种叶片的形状像猫或老虎的脸庞。没能扫出类似"牛夫人的芭蕉扇"这样的名字,女儿有点儿失望,但据此也记住了这种植物的名字。

经过几天的寻访,女儿已经喜欢上了这种田野行动。她真切地了解了一些植物,看到了它们的形状,知道了它们的特征,品尝了它们的味道。其中令她觉得震撼的是去嗅一株野花椒树的味道。果实还处在青涩期的野花椒树,已经有了它独特的辛辣与清香气味,把它送到鼻子下,深深地吸一口气,花椒的味道直入肺腑与脑海。这样的味道是一种礼物,这种礼物无比清楚地解释了人与大自然之间的关系——人是依附于大自然而生的。人行走在自然中，每走一步都会得到自然的馈赠，这是多么令人感激的事情。

　　这个暑假，女儿想要认识一百种植物，这也是一些植物研究工作者对孩子们的期望。当然，真正记住这些植物是困难的，好在方法比困难多，只要在一段时间里，频繁接触，反复确认，应该也不是什么难事。等到暑假结束的时候，一个孩子很高兴地宣布认识了一百种植物，这该是一件值得小小骄傲一下的事情。

有一棵树在等你

有段时间着了迷似的想要拥有一棵树。这棵树必须是自己亲手种下的,看着它由小树苗逐渐长大,变得枝繁叶茂,可以任由小孩子爬上去玩儿。或者架起一个吊床,一头绑树干上,一头钉牢在墙上,小孩子躺里面玩儿,可以从小玩到大。

想起童年,大人们在下午的时候招来三五好友,泡上一壶茶,扯闲篇,到了天色将晚的时候,把茶摊撤了,换成酒桌,继续对酌。喝茶的时候清谈,喝酒的时候敞开了大笑。人有时话多有时话少,但树永远不语。只在偶尔的时候喧哗一下,树下有人说:"哦,起风了。"

有了树,哪怕没朋友,一个人也不孤独。从屋门里走出来,抬头只能看见月亮是不够的,在月亮和大地之间,得有一棵树,得有它的影子在摇曳,留下满地稀碎的心事。夜晚的树,能听到人内心的叹息,你长呼一口气回屋了,那棵树仿佛听懂了你,整夜沉思。等到天光大亮,它用微风中舞蹈的叶片欢迎你,告诉你又是新的一天。

这棵树可以是梧桐,可以是银杏,也可以是苹果树或栗子树。每种树有每种树的好,不必太挑剔,只要这棵树种下了它就属于你,哪怕一开始的时候不是太喜欢,但长着长着它就变成了你喜欢的样子。就像一只小猫或小狗初次到你家一样,开始的几天需要磨合一下,用不了多久,它就成你的家人了。树也一样,树是你最友好、最长久的家人,如果能有一棵树,我想用自己的姓氏来命名它。

无论你走多远,想到有一棵树在那里等你,心里总是有些踏实与欢欣的。你不在家的日子,树学会了默默地等待,汲取着阳光与雨露,独自生长着。树的年龄大了,树就长成了家,几十年过去,树甚至还成为了家长,不仅你自己有点事会站在树下用心和它商量几句,你的孩子从远方回来了,先不拥抱你,也要迫不及待地抱一下大树,开心地喊一声:"树又长高啦!"

　　去朋友的家中做客,别的什么昂贵的家具、高科技的电器都不看,只要一看见树就走不动了。一棵树够我们讨论半天的,它属于哪个种类,祖先起源于哪里,招不招虫子,会不会结果实……如果朋友说,这棵树是祖上留下来的,更会羡慕不已。果真是"前人栽树,后人乘凉"啊,有这样的祖上,是福气。

　　有一位朋友不太懂得树的含义,把老父亲几十年前在乡村院子里种的一棵大树高价卖掉了。钱是收到了一笔,但老父亲也翻脸了,好几个月不和他说话。

　　我要是有这样一棵树,肯定是要悉心呵护着的。可是我没有。属于我的树,和我的父亲、我的乡村一起,慢慢地消失了、变远了,每每想到这儿,心里总忍不住有些失落,觉得自己成了没有根的人。

　　我在城市里生活,住在三十多层高的玻璃楼里,根本没有地方种大树。栽过几棵小树在花盆里,无一能撑过一个月,都死了。没办法,只好在软件里种电子树,每天步行和网购得到的积分,都用来兑换种树需要的虚拟能量了。攒了两年多的时间,终于在遥远的沙漠种下了一棵最不起眼的小树。略有欣慰,但心里知道,这不是属于我的那棵树。

　　我想拥有的那棵树,可能只会永远存在于记忆当中了。

漫漫回乡路

阳仔，我刚把他抱到北京的时候，他才刚满百天。今年春节要回老家过年的时候，他已经拿到了驾照，可以开车载我一程。我从来没有问过他有关回乡的意义，但每年到这个时刻，他都默默地收拾好自己的东西，回到他父亲的出生地，再次见到见了小二十年终于能认识全了的亲戚。

从北京到郯城，手机导航地图显示的距离是 710 公里，开车经过天津、沧州、德州、济南，最终抵达山东最南部与江苏接壤的城市——郯城。二十年间，往返上百次，早已对这段路程了然于心，回家已经不是难题，但每逢年关，想到回家，除了期待之外，仍然有团隐约的愁绪，仔细分辨，那还不是纯粹的乡愁，而是写进基因里对漫漫长路的忧愁，这种忧愁古而有之，李白、白居易、王维等无数诗人都曾写过。

在郯城的时候，觉得北京是个特别耀眼也特别遥远的城市。时间回到 1999 年，一个在乡镇政府做临时工的年轻人，还没读过沈从文，也从未想过有一天会漂到北京。一条全国范围内由上至下的清退临时工政策，让这个年轻人失了业，一个来自遥远城市没有见过面的朋友的电话，把我召唤到了北京。我在报纸上读过作家古清生的北漂故事，于是义无反顾地来了北京，后来，我与老古还在通州八里桥做过一段时间的邻居。

第一次从北京回乡,是工作满三个月之后,把翘首以盼的妻儿接来。回家坐的是从北京开往日照的 K51 次列车,车经临沂停靠的时候下车。三个月多未见的儿子,显然还记得父亲的气味,把头埋进我的怀里久久未动。如果说之前单身离乡还算出门闯荡见一下世面的话,那么这次拖家带口出行,就算是连根拔走了,那种疼是无法言喻的,也或许,是这种根深蒂固的疼痛感,促使每年进了腊月的时候,心里就不安了,想要去排队买火车票,想要拥挤着上火车,哪怕整夜没座,火车里忽冷忽热,也要在年三十之前赶回去。

刚来北京的头些年,都是坐火车回乡。我记得 K51 从北京发车的时间大约是晚上十一点前后,到达临沂的时间是第二天上午九点前后,行程十个多小时。单从里程与时间看,这并不算漫长,但为什么当年会觉得,这十个多小时如此难熬?这不仅仅与票难买、没座位、人拥挤、挨冻受饿有关,后来我回想,觉得难熬,更多的原因还是一个失去故乡,又没法在外扎根的人,在重回儿时成长环境时,没法掩盖内心那种四处弥漫的不安与焦虑。以前读不懂"近乡情更怯",花了好多年,终于读懂了。

不知道有多少人曾像我这样,每逢佳节的时候,盼望着回家,又抗拒着回家,情绪上忽喜忽忧。过完年走的时候心里发狠:明年春节再也不回家过了。但次年又会转瞬忘了这句话,早早地就开始准备年货,排队买票。如此,年复一年。

对于孩子来说,父亲的家乡意味着什么呢?我和阳仔探讨过这个问题,他也陆陆续续地回答过,说不喜欢路面上的羊粪,不喜欢老家的厕所,不愿意跟着父亲去给父亲的长辈们拜年,也不想在阴沉的冬天傍晚冒着寒风去荒野里给祖先们上坟……当然,这只是他小时候的看法,在临近十八岁成年的时候,他早已接受了这一切,回乡的时候再无抱怨，上年坟的时候也默默学会了烧纸、倒酒。

那些漂在外地长大的孩子们，与父亲的故乡之间的纠葛，会比父辈们少许多吧。只是一年一度"过年回家"这样的情感教育，无形当中在他们心里扎下了根，在以后，在以后的以后，他们会循着父亲的脚步，把父亲走过路，再一次次地重新走无数遍。

近些年，因为交通工具的变迁，回乡更多的时候是开车或坐飞机，很少再坐火车了，回乡路变得舒适了很多。再加上回乡的次数也在增多，终于那种漫长感和焦虑感变淡乃至消失了，与故乡之间的那种"疼"的关系，也在渐渐愈合。可仍然会时不时地想起当年回乡路的困难。环境在变化，心境也在变化，唯一不变的是人与故乡的血脉联系。几百公里不算什么，那些与故乡相隔上千上万公里的人，不也有许多在现在这个时候，再次踏上漫漫回乡路了吗。

粮食的味道

我喜欢粮食。经过超市粮食摊的时候,总忍不住要停下脚步,对那些堆放在木格框里的各种粮食打量一番:大米、红小豆、绿豆、花生……有时候也忍不住用大勺子把粮食抄起又撒下,内心忍不住发出一两声赞叹,这是粮食啊!

什么是粮食? 粮食就是一口吃的东西,在超市里它可能是最便宜的售卖品了。消费者脚步匆忙地奔向花花绿绿的货架,没几个人愿意在买粮食时多花几分钟享受这个过程。

粮食买回家,用电饭煲做熟了端上桌,孩子不爱吃,对他生气也不行。自己把碗端过来装作很饥饿的样子扒拉几口,也产生了疑惑,怎么不再是童年吃的粮食味道了? 粮食的那种独特气息怎么消失了? 粮食怎么只是有了"食粮"的功用,原来承载的那些由香味、自然、情感等元素构成的滋味为何不见了?

我的记忆里,储存着粮食的味道。童年时一个大家庭用一口大铁锅做饭,半锅的水抓一把大米扔进去,快熟了的时候再浇一瓢磨好的豆浆进去,煮沸腾了就是一锅稀粥。那碗稀粥的滋味已经是不错,但粥锅里的布袋捞出来,才是真正的美味,因为布袋里装的可是货真价实的米团。用小钢勺挖一小口放进嘴里,大米与大豆融合后的香味直冲鼻腔,经历过柴火的熬煮之后,米团的糯软通过舌尖一直传递到内心深处。可惜,这样的米团只有家里最小的孩子才能吃到,我好像只吃过几次就失去了资格。

　　一直觉得,粮食不单是粮食,它们还是大自然的子孙,是有生命的。在田里劳动的时候,我经常可以感受到粮食的生命韵律。比如割麦子的时候,一颗颗饱满的麦粒,藏在一穗结实的麦穗里面。剥开来看,麦粒还带着一点点青涩。在凝目观察这些麦粒的时候,总觉得它们像是要急不可待地逃离"家园",想要在太阳的照射下晒一个肆意的日光浴,要在滚烫的麦场上开心地打几个滚。

　　过去品尝粮食,麦子也好,水稻也好,玉米也好,都能尝出它们的成长经历,觉察到它们是如何在暗夜中随着"母体"摇曳的,当风暴来临时,它们又是怎样紧紧挨在一起相互扶持的,它们在细雨中聆听骨节生长时所发出的声音,在阳光灿烂的时候随风舞蹈⋯⋯它们也会相爱吧?两株植物的恋爱多么美好,它们不说话,时而靠近,时而分离,借助风传递心声,一同守望朝阳夕阳。

　　母亲总是能把各种各样的粮食,做出令人感到温暖与幸福的味道。不止我的母亲如此,村庄里的每一位母亲都可以。小时候总爱闻远远飘来的炊烟,一点儿也不觉得呛的原因是,那炊烟里总是带着粮食的香气。比如我家的炊烟,就时常掺杂饿面馒头的味道。

　　母亲把揉了整个下午的馒头放进锅里,一捆麦草烧完,掀开锅盖。我先是要眯起眼睛,等待扑腾起来的蒸汽消散,再小偷一样快速地把手伸进锅里,捏起一个白胖的馒头就跑。在院子里,把那只烫手的馒头从左手倒到右手,从右手倒到左手,等不及凉到可以入口,就迫不及待地大口咬下去,馒头的热度会把牙齿也微微烫到。这样的馒头才是最好吃的。

　　有时候母亲着急下地干活儿,来不及熬米粥或者做馒头,就会从锅里煮的地瓜挑几个好看的给我们当食物。要知道,这些地瓜通常是喂猪的,可每次我都吃得心满意足,地瓜皮软瓤红,从内到外都甜丝丝的,但又不是冰糖式的那种騧人的甜,是吃完后打个饱嗝都会涌到嗓子眼儿的美味的甜。这样的地瓜,已经有一二十年吃不到了。从超市里买来的地瓜,在粥里煮熟了之后,入口一点儿味道也没有。它不是经历过日月风雨洗礼的地瓜,不是在土壤里做过美梦的地瓜,也不是母亲栽种的、收获的、煮熟的地瓜。

现在的社交媒体上,经常看到有人形容美食用到这四个字:"好吃到哭。"一般这样的形容可信度不太高,你若去尝试一下,发现不过如此。真正"好吃到哭"的,还是过去的粮食啊。你去翻翻莫言、贾平凹、路遥的书,那里面描写吃食的片段,才会让人流泪,只不过,不止是为他们描写吃到好东西时流露的感激而流泪,更是为他们这一代人所承受的饥饿与苦难而流泪。

也有可能是,粮食本身的味道并没有太大变化,而是我们的味蕾变了,因为品尝到世间太多的美味,而失去了对粮食的感受力。我们已经不用再闭上眼睛,去体会粮食在舌尖上打转的滋味,如同不用时时回头去翻阅过去那几段食不果腹的历史。我们对包括粮食在内的诸多事物,也不再有那份小心翼翼的珍惜,这样的状况下,粮食的味道能不变吗?

童年的礼物

六一儿童节前,问上小学的女儿,想要什么礼物? 她拖着书包和我走在放学的路上,很淡定地说"容我想一想",说完就把这件事忘到了脑后。直到我自作主张,买了一辆大童骑的自行车,当作今年儿童节的礼物送给了她。

现在的孩子,怎么会缺礼物? 大大小小的节日,爸妈出差回来,亲戚朋友上门,总是忘不了给孩子带礼物。女儿的小床上,光是毛绒玩具就够一个小型动物园的规模了。我经常"恐吓"她,早晚有一天把她那些多余的"礼物"扫地出门。她不以为然,反正新礼物会源源不断地送来,旧礼物的失踪,并不是一件值得大惊小怪的事情。

身边的朋友,快到六一的时候,能不出差就尽量不安排出差了,有应酬的也早早地推掉了,就是不想让孩子失望,想要陪娃娃们买礼物、逛街、出门游玩。这是件挺让人觉得幸福的事,但我心里却莫名有点儿惆怅,想起自己童年时,曾无比渴望一件礼物,不过是三十多年前的事情。那时候的孩子,一年到头恐怕也收不到一件礼物,所以,童年时偶尔收到的一件礼物,会记忆极为深刻。

大约上小学三年级的时候,我和表哥经常在一起玩儿。那一天我们到了村里的供销社,表哥的爷爷正在供销社门口和几个老头儿闲聊天,看见我们两个孩子过来,就招呼到面前,上上下下地打量,最后把视线放在了我们俩露着脚指头的鞋子上。不知道那天他老人家有什么高兴事，非要给我们换一双新鞋子不可。

本来以为新鞋子我只有看的份儿，可表哥的爷爷十分豪爽地也给我买了一双。那可是一双带着三条杠的帆布白球鞋，也是我长这么大第一次穿这么神气的鞋子。这是一份"从天而降"的礼物，它让我惊喜万分、珍惜万分，每次洗刷干净，都会到教室黑板下面捡粉笔头，一点点耐心地把鞋面涂白。

还有一次好像是上小学五年级的时候，冬天来了，放寒假了，春节快临近了，外出打工的叔叔们从遥远的地方回来了。其中的一个叔叔，好像那年额外多赚了不少钱，他背回家一个大袋子，袋子里面装着送给家人们的礼物。他变魔术般一件件地从袋子里往外面掏东西，我得到的是一件皮夹克，这简直让人幸福地想要晕掉。虽然不是真皮做的皮夹克，但在二十世纪八十年代，这种东西对于孩子来说，只能在电影里才能看得到。

得到皮夹克的那天晚上，刚好村里放电影，具体电影的片名与内容都忘记了，因为我根本没有心思看电影，而是穿着那件皮夹克在人群里钻来钻去，觉得自己像大侠佐罗，甚至认为自己的形象是闪闪发光的。这件礼物对我的影响太深远了，后来的许多年，我从北京回老家，总会给老家的孩子们买衣服，也希望他们能感受到当年我快乐的心情。可是后来的孩子们，只要收到的礼物是衣服，通常只是看一眼，打开也不试一下，就扔在沙发上，这让我有点失落，后来终于不再给孩子们带衣服而改换其他了。

除了这两次，我能记得的童年收到的礼物就没有了。那位变魔术般回家带礼物的叔叔，此后几年春节回家，袋子里除了自己的棉衣与被褥，就再也没出现过礼物，不晓得发生了什么。每年寒假都盼望着他早点回来，但回来之后，换来的却是深深的失望。或正是这种心理，促使我长大成人后，变成了一个热衷给孩子送礼物的叔叔、大爷，我喜欢孩子们围成一团从我手里争抢礼物的感觉。可现在，我成了中年人，孩子们也长大了，他们更喜欢收装在红色信封里的人民币或者微信发的红包。

当然，作为一名中年人，也依然会希望收到礼物的，比如，父亲节时收到女儿画的一幅画，收到儿子的一条短信，都会觉得开心。

有一次我的一位四十多岁的朋友过生日，想来想去不知道送什么礼物好，就买了一件那种拍完之后可以立即打印出来的照相机。男人之间送礼物很可笑，不知道怎么表达，不说话挺尴尬，说话又挺肉麻。记得当时，隔着一个沙发，说："嗨，这是送你的礼物。"把那件通常儿童才会喜欢的照相机隔空抛了过去。他打开之后不知道怎么玩儿，无奈之下，不得不帮他装上电池、装上相纸，然后，很要命地来了一张自拍合影，很开心。

我猜，这位朋友童年时，也极少收到过礼物。

县城新华书店

　　二十年前刚来北京的时候，我最爱去的地方是王府井书店。去王府井大街逛街的时候，大约有一半以上时间是泡在王府井书店的。在王府井书店，最爱去的楼层是四层，因为这层摆放的多是中国文学与外国文学类图书。

　　早些年的时候，每当出版了新书，都会找机会去王府井书店的书架上，查看一番是否有自己的书摆放在那里。找到了会很开心，找不到会有点失落，每当发现自己的书摆放得不起眼，还会抽出来一本，把有封面的那面摆出来——后来去得少了，这样"幼稚"的事情就没有再做过了。

　　那时候沉迷于王府井书店，一个理由是这家店的营业面积太大了。1970 年二次改建的时候营业面积有 3600 平方米，当时已算"亚洲最大的书城"。2000 年的再次扩建，营业面积扩展到上万平方米，我对于"书的海洋"这个形容的想象，就是通过王府井书店落地的。

　　当然，与王府井书店媲美的还有北京图书大厦，因为位置在西单，很多人习惯了叫它"西单图书大厦"或者干脆叫"西单书店"。对于北京图书大厦印象最深刻的是里面的人流，2000 年前后去的时候，里面真可以用"人挤人"来形容。北京图书大厦比王府井多了一点点商业味道，逛大厦推车子买书，真有一种在超市采购的感觉。

　　两家书店都是国有企业，但王府井书店属于新华书店系统，有

"根正苗红"的感觉。这些年民营书店风生水起,媒体和读者的视线很多时候都被一家家个性十足的民营书店吸引去了,对新华书店的关注少了一些。但貌似新华书店对此也不太在意,颇有些"家大业大、稳扎稳打"的意思。

我到全国各省省会时,除了要逛省博物馆,第二个文化去处便是省新华书店。看到博物馆和新华书店的招牌,心里总是有挺踏实的感觉。有时候时间有些赶,逛书店未免也是走马观花,但仿佛这是一个仪式,到了一个城市,拜访过它的新华书店,心里就会有一种满足感。每个人有不同的情结,假若有人说我有"新华书店情结",我是不会否认的。

我的"新华书店情结"来自县城生活。二十世纪九十年代的时候,新华书店是县城风景中为数不多的令人流连忘返的所在。我们县的新华书店位于县城中心最繁华的地带,向东是县委大礼堂,向北是县电影院。新华书店据守在十字架的西南角位置,四个鲜红的大字,用油漆刷得亮光闪闪,哪怕正在阴天看过去,也似有耀眼的光芒……每每路过它的时候,总是忍不住偷去行注目礼。

喜欢新华书店,在于它洁净明亮。过去年代你知道的,小城的许多街道与建筑不怎么讲究,可以用"脏乱差"来形容。但我印象里的新华书店,玻璃门窗总是擦得干干净净,映照出读者的影子,显得那影子也是干干净净的。

过去新华书店不像现在这样是完全开放式的,我们县那时的新华书店,用一排上面罩着玻璃的书柜围了一圈,圈里才是一排排整齐的书架,想要通过书柜进入里面的书架选书,是要经过营业员同意的,对于我们这些十多岁没什么购买力的半大孩子,营业员总是用警惕的眼神盯着,不轻易放进去,生怕那一双双贪婪的手把书摸脏了。

进书店最里面一次不容易，所以总是分外珍惜。在进去之前，已经数次在柜台外，把那些想翻、想买的书看了无数遍，早已记准了它们的位置，闭着眼睛也能找到它的存放地……等到兜里攒够了买一本书的钱，就可以勇敢闯关了，营业员想要拦截的时候，能理直气壮地说"我买《×××××》那本书"。听见你语气坚定，营业员就会放行。兜里没钱的时候，总是会灰溜溜走开。

新华书店和图书馆、电影院，一并成为我的文学启蒙地。翻书、买书、看书……以至于梦想着有一天自己的书摆进书店，这成为许多写作者的成长动力。这些年网络购书成风、爱书人家家书满为患，去书店的次数少了很多。尤其是新华书店去得更少了。想到这儿的时候，未免会有点内疚感产生，每当这种感觉浮上心头，就会想起那八个字，"家大业大、稳扎稳打"，新华书店大概会永远存在下去吧。

城市里有无数个小书店是美的，但至少有一家新华书店，也是必需的。

看过一组老照片，那些黑白影像里，读者在新华书店门口排队买书，在书架前或地板上姿势整齐划一读书的画面，很是让人感动。那会儿没手机，大家的注意力都在书里，由而产生了一种气氛、一种美。

这种美与时代有关，与人的生存境况与精神追求有关。新华书店作为一个载体，曾在漫长的时光里，无限承担起了人们向好向美的追求与愿望。这是它的功绩，值得被牢记。

过年记忆

　　去年的春节感觉没过多久，又到新一年的春节了。大人与孩子心目中的春节最大的不同在哪里？答案是：大人害怕过春节，不喜欢那种"转瞬又一年"的感觉；而孩子盼着过春节，一年盼到头，觉得时间特别缓慢。

　　作为一名出生于二十世纪七十年代中期的人，有了童年记忆，刚好是进入了八十年代。进入八十年代，有个最大的好处，就是农村人开始能吃饱饭了。久违的白面、大米慢慢重新回到普通人甚至贫困户的家庭，逢年过节，家长们也能割几斤肉回来给孩子解馋了。

　　因此，对于过年这件事，"70后"恐怕要比"80后""90后"的人要有更深的感触：物质匮乏时代的年，才更有年味——这句话貌似矛盾，但事实的确如此。也正是随着日子越过越好，人们才觉得年味越来越淡的，反倒是碗里有块肉就能幸福好几天的日子，过年才有节庆的气氛。

　　我对过年的印象，还不只是那些丰富的吃食、欢乐的庆祝活动，而是那种过年的氛围。尤其是家庭情绪，会有一个很明显的变化：平时脾气暴躁的家长，临近过年的时候，脸上有了笑模样；整日爱唠叨的大人，虽然还少不了唠叨的毛病，但语音里明显多了些欢欣。那些平时因为调皮被呵斥甚至劈头盖脸被打一顿的孩子，每逢春节到来前，胆子也大了几分。哪怕再闹腾，换来顶多是家长骂一嘴，打是不会挨了。

这大约是继承了农耕社会的传统:过年的时候不能生气,要吃好的喝好的,大人孩子都要尽情玩耍,见人要说喜庆话。哪怕日子过得窘迫,但就算装也得装出个志得意满的样子,大过年的,没人愿意看到谁长着一张黑脸。种了一年地,受了一年苦,年底就算盘算收成时不理想,也得咬咬牙把这口气咽了,等过了年,再去卖力气,再去拼。

所以,农村孩子盼过年,除了盼一个热闹外,隐约也盼得是能够有一个正常的、温馨的、友好的环境,在这个环境里感受到爱、欢乐、安全感。发明春节的祖先们有先见之明,立了种种的规矩,因为这些规矩都是盼着人好,所以在八九十年代都被很好地传承了下来。现在大城市里不还流行的一句话:"有钱没钱,回家过年。"每逢春节临近,一线大都市的火车站,就塞满了乡愁。平时在写字楼里互称英文名的白领们,又变成了回乡过年的秀娟、阿香、建军、建国……

我也是回乡过年大军中的一员。童年过春节的记忆,已经渐渐模糊了,但过年的兴奋心态还是有的。骨子里的基因也决定了,快过年的时候脸上要喜气洋洋,要对孩子尽量友好,把零花钱给足,宠着点儿也没关系,因为童年的时候,祖辈、父辈的人就是这么对待我们的。

童年春节印象最深的三件事:一件是放炮仗,一件是拜年,还有一件是看舞狮。对于孩子来说,放炮仗是过年时最刺激也是最符合"合理捣乱"范围内的一件事了。村里供销社早早地就进货了,离春节还有大半个月,村里就没停过炮仗声响,土路上就没缺过一片大红的炮仗皮。很少有孩子正经放炮仗,都是变着花样放,最常见的就是往粪坑里扔炮仗,炸得满墙、满地都是大粪。事儿惹大了,避免不了被大人揪住象征性地踢几脚。还有一种放炮仗的方式,就是每人手里捏一只炮仗，喊声"一二三"之后点火，拼谁胆大。最后把炮仗扔出手的那个孩子，是"英雄"。就是这样，每年村里都有某个孩子的某根手指，被炸肿或炸裂了。

拜年是一个孩子最简单直接获得收入的渠道。先给直系亲属拜年，后给没出五服的家族长辈拜年，最后给村里走动较多的邻居拜年。无论给谁拜年，孩子们都很直接，过年话不用说，一个头磕下去，人家就懂了，一个红包就塞进手里或口袋里，红包里装着从五毛到五元不等面值的钞票。没红包给的，就塞一把花生或者糖块儿。大年初一一整天下来，每个孩子都成了小小的富翁，要赶在父母把压岁钱收去"代管"之前，能挥霍多少就挥霍多少。

孩子花钱的地方，要去县城里。春节期间的娱乐活动，集中在县城中心繁华地带，人群挤得像个麻绳疙瘩，但大家都不嫌挤，觉得只有这么挤，才有过年的劲儿。除非有一样，舞狮队过来的时候，人群会一下子散开。不敢不散开，为了欢迎舞狮队，每家单位都会点燃一串大炮仗，被炸到就不是小伤。另外，舞狮人当中那个藏在狮子肚子里的家伙，有时会犯坏，被他蹭上一脚，也够受的。最大的舞狮队有几十号人，除了大大小小的狮子，还有划旱船、骑毛驴、踩高跷的表演，怎么看也看不够。通常会有一些孩子会从头跟到尾，一直到快天黑时才恋恋不舍地回家。

至于穿新衣、吃美食，在孩子的春节生活当中就不算什么大事了。相比于物质供给上的富足，孩子对过年的最大需求，其实是精神满足。只要能开心地玩儿，其他都不算什么。这是我很久之后才想明白的一件事情。都说现在孩子们过春节觉得没意思，不在于红包越来越厚，也不在于能够往有花有海的南方飞，而在于现在的孩子，已经不能像从前那样，放肆地疯玩儿，在一个开阔的空间里，与整个社会建立起某种联系了。

　　作为一名"70后"，一名已经在这个世界上过了四十来次春节的人，想告诉那些愿意把春节过得有意思一些的朋友们，春节最好的过法是让自己的情绪饱满一些，忘记一年来的辛苦与烦恼，像个孩子那样，投入地、开心地玩起来。

与灯光有关的记忆

　　我出生的二十世纪七十年代，乡村是没有电灯的。主要的照明工具是油灯。所谓油灯，就是在一个小酒碗里放上灯油，再加上一根捻子，点燃后就可以用了。据说这样的油灯，在封建社会就是平民用灯。可以想象，在漫长的农耕时期，这么一盏微弱的灯光，曾在无数暗夜陪伴过多少人。

　　当时手头宽松一些的人家，会有一盏马灯。马灯的照明功能和油灯差不多，但因为外面笼了一层玻璃罩，外出的时候不怕风吹。依稀记得童年时，村里人夜里外出寻人寻牲口，会把马灯都借来。一路人马浩浩荡荡走向田野，灯光排成一队，煞是好看。吹马灯的时候，要拢住嘴，猛地用力向灯罩内吹一口气，劲儿小了，非但吹不灭，还有可能燎到胡子或眉毛。我那时候喜欢看大人吹马灯的样子，觉得很酷。

　　我奶奶吹油灯的样子，也给我留下深刻印象。那时候就算油灯也舍不得点，灯油来之不易，除了为避免天黑吃饭看不到碗要点油灯，或者为孩子缝缝补补要点油灯，其他时间都是要将油灯吹灭的。"吹灭读书灯，一身都是月"，那是形容读书人的。对于孩子来说，正在看书的时候灯被吹灭，是很扫兴的事情。奶奶吹油灯的时候，用双手小心翼翼地把油灯拢住，那是怕灯花溅出来引起火灾，所以宁可让灯花溅到手心烫一下，也不能任由它们"绽放"。伴随着奶奶吹灭油灯的，是吹气之后的一声叹息。说不好那声叹息，是因为劳作一天之后终于可以幸福地休息了，还是又要开始一轮有关一家老小吃穿用度的忧虑的讨论。灯灭之后，奶奶和爷爷经常要说很长一段时间的话，那些话我听不清，但我猜很有可能他们是在讨论生存问题。

小时候读《聊斋志异》，常被蒲松龄讲的故事吓得体如筛糠，但书里又有那么多的故事与细节描写令人着迷。其中有关灯的描写，时常能营造出融合了温暖与冷寂、安全与惊悚等元素的氛围。他甚至写了个《犬灯》的短篇，说的是一盏灯"及地化为犬"，进入后花园又变身为美貌女子的故事。在书中，蒲松龄有许多荒野、寺庙、庭院里的灯火描写，以至于现在想起这本书，浮现于脑海的画面，率先是一片空旷中一灯如豆飘摇不止，有股凄凉的美。

二十世纪八十年代中期，乡村的电灯就基本普及了，但受习惯影响，乡村人仍然像珍惜油灯那样珍惜电灯，随时保持着把灯拉灭的姿态。对于孩子来说，电灯灭掉的那一瞬间，就是心情灰暗的时候。但有一种灯可以亮很久，亮到午夜才灭，那就是路灯。村口或供销社门前的路灯下面，总是会聚集很多人，大人们在路灯下打牌、抽烟、闲聊，孩子们沿着灯的光线范围之内奔跑打闹。有的孩子，跑着跑着就偷偷跑回家睡觉去了。也有的孩子跑着跑着停了下来，抬头痴痴地望着路灯，一直望一直望，把路灯当成了月亮。

我拥有第一盏私人的灯光，是中学时不知道从哪儿得到的一支手电筒，装进两节电池就可以用许久。这可彻底实现了我的灯光自由，家里熄灯之后，我就打着手电筒在被窝里看书，一本厚厚的《西游记》，一口气连看了四遍，结果把眼睛看近视了。

中学的时候上晚自习，放学时要经过一段长长的没有路灯的土路，于是便琢磨自己创造照路的灯：一个小小的发电机，固定到自行车后轮那里的钢梁上，蹬自行车的时候，发电机发出的电带亮了置于自行车把的射灯，前面的路就会照亮了。这个发明，很多男生都不约而同地去实践了，于是晚自习后放学的路上，一辆辆自行车闪烁着灯光，很是令人愉悦，每次想到这个场景，就会想起一首歌：《星星点灯》。

古代的著名诗人，作品里没写过灯光烛火的恐怕不多。为黑夜里的那一点光亮写诗，是一种本能，也是一种期盼。借由灯火散发的情感，更是覆盖世间万事万物。欧阳修写的"去年元夜时，花市灯如昼。月上柳梢头，人约黄昏后。今年元夜时，月与灯依旧。不见去年人，泪湿春衫袖"是千古名作，但我更喜欢元稹所写的："洛阳昼夜无车马，漫挂红纱满树头。见说平时灯影里，玄宗潜伴太真游。"这首《灯影》，个中意味悠远绵长，浪漫中有一点点的伤感，与灯与影的飘逸气质都相符。

今年春节与元宵节期间，故宫灯会与西安大唐不夜城的灯光秀，引起很多人的关注。实际上，不止这两处灯火辉煌，很多城市包括乡村，在重大节日亮灯已成固定动作，欣赏灯景也成为现代人思古的一种方式。只是，以电为光源的灯，高科技而且更加实用，但总比过往的燃灯方式少了一点点什么。认真想来，除了没有烟熏火燎的尘世味道，缺少的恐怕还有那么一点点对诗意的向往与追求吧。

照相机往事

现在人们都习惯用手机拍照了，照相机的使用频率大幅降低。我的一台单反放在书橱最低处，已经许久不曾拿出来用。曾几何时，能拥有一台可以更换上长镜头（俗称"大炮筒"）是我的一个小梦想，相机在日常生活里的消失，真是想不到的事情，要知道，在不同年龄段，相机都作为一个珍贵的物品，陪伴过我。

第一次照相，发生在二十世纪七十年代末，我大概四五岁的时候，父亲把一个走街串巷给人们照相的师傅请回了家。那会儿的相机是老式的，相机上要蒙一块布，摄影师在给拍照的人摆好姿势之后，会钻到那块布下，喊"一二三"，然后听到悦耳的"咔嚓"一声，就算拍摄成功了。童年时拍照总是屏住呼吸，觉得很神秘，仪式感很强。

那次拍照，父亲给我换了新衣，摘下了他的机械手表戴在我的手腕上。手表太大，总是往下滑，还得用一根手指勾着。后来摄影师想了办法，让我把胳膊端在胸前，这样一来手表不会乱滑动了，二来照片拍出来，大家也能一眼发现这块酷酷的表。照片洗好送来时，果然那块表比我的脸还吸引人。另外，照片上的伞也给我留下深刻印象，那天的天气明明是晴好的，为何要打伞？可能是摄影师觉得打伞更有画面感吧。

上小学的时候，孩子们中间有谣言，说拍照会偷走人的灵魂，千万不要拍照。我虽没见过灵魂什么样子，但总觉得属于自己身上的东西，被那个黑匣子给偷走了不太好，于是有一段时间很是排斥拍照，遇到有拍照的机会，就先偷偷溜了，所以现在极少有童年时的单独照片留下来。不爱拍照这个习惯一直延续到现在，不是因为迷信，而是不喜欢面对镜头，无论站姿还是坐姿，不拍照时还是挺自然的，一旦意识到被镜头对准，就不由自主给出了二十世纪七十年代人标志性的身体语言。

但我挺爱给别人拍照，有几年在镇政府通讯报道组工作，还以拍照为职业，拍摄了不少与农村有关的新闻图片。一周总有一两天的时间，背着相机到田间地头东拍西拍，拍地里的庄稼，拍收获的农民，拍镇办工厂的企业家，拍种大棚鲜花的年轻创业者……偶尔会受到被拍对象的邀请，在田野的水井机房上铺开塑料布，一起喝酒谈天，真是段开心的日子。

那会儿是摄影的胶卷时代。进口的胶卷贵，国产的便宜一些，所以总是会买国产胶卷，并且深信拍出好照片主要靠一双能发现美的眼睛，而非昂贵的器材与进口的胶卷。在长达四五年的时间里，我一直使用一台价格不过四五百元的国产相机，那是台全部需要手工操作、没有任何自动功能的相机，我喜欢打开它，装胶卷，按快门的感觉。通常的胶卷可以拍三十六张照片，不过高手们可以拍出三十七张甚至三十八张，这是门技术活儿，我只有少数几次做到了。

手机以及数码相机，只要储存空间够，不用担心按快门的次数。不像胶卷那样，要省着用，按下一次快门就少一张，心里总绷着一根弦，生怕浪费了。也正是因为如此，在拍摄前，要先观察场景、光线，反复构图，拍摄人物的话还要与人物说话，帮对方放松表情，争取一次成功。说来也奇怪，当年用普通机械相机，还拍出过一些好作品；换成单反数码相机之后，储存卡里的几千张照片也很难找出几张感到特别满意的。

　　家里有几大册相册，装着历年来积攒下的照片。每年总会有一两天，会把这些相册搬出来，擦拭一下封面上的微尘，一页页地翻看那些带有回忆痕迹的照片。这些照片当中，也有很多拍得不好的，但看着就是感觉不一样。是时间给了这些照片以"美感"，它意味着已经度过的日子、走过的路，它是对过往生命的一次次"截图"。和储存到电脑或硬盘里之后长久也不会再看的数码照片不一样，那些因为时间太长而渐渐泛黄的照片，显示出某种"质量"，与真实、珍惜有关，也与美与仪式感有关。

　　那台旧相机，除了镜头盖丢了之外，其他一切完好，平时就放在书架上，偶尔被孩子拿下来好奇地玩一会儿。至少有十五年以上没有用过胶卷了，不知道哪儿还有卖的，真想买几卷来，装进相机里，找个地方拍一拍照片——当然，最好还是回到家乡，用老相机再去拍那里或陈旧或崭新的一切。

父亲的节日

和其他节日一样,父亲节今年好像真正热起来了。一早醒来看朋友圈,刷屏刷得很热闹,看到不少有关父亲节的温馨视频与幽默段子。其中印象最深的,是一个五六岁的小男孩儿,在他父亲锃亮的蓝色汽车门上,用美工刀或者别的什么坚硬的工具,工工整整地刻下了七个字:"爸爸,父亲节快乐!"

刷屏归刷屏,男人过父亲节,终归还是显得低调,顶多转发一篇写父亲的文章,压根没见晒鲜花、晒蛋糕,把这个节日过得花团锦簇的。不过,倒是逮住个别卖萌的父亲,一直在通过朋友圈直播等待儿子发来问候短信的心情,好歹快到中午十二点的时候,他贴出了儿子的祝贺微信截图,算是消停下来了。

看到作家陈希我发表了一句话,很简单:"父亲不需要节日。"看完后沉默了一会儿,打心里赞同。在这个节日说法还没流行的时候,我们的父亲们,是没有单独的节日的,哪怕是生日,端上一碗面条,里面卧了个鸡蛋,这么稍稍有点仪式感的做法,都会让父亲们手足无措,有的憨笑一阵,端到一边去吃了;有的则假装生气,大声说一句:"过啥生日?!"

我不知道父亲的生日,无论他在世时还是过世之后,都不知道。这个世界上把他生日记得最清楚的人,可能是我的奶奶。说真的,我或许继承了父亲的秉性,并不喜欢过生日这件事,而且对大多数节日都没太大感觉。但后来意识到，过节，孩子们会欢天喜地、充满期待，并且带有仪式感的节日，的确也是平淡生活的乐趣，于是也跟着慢慢地对节日重视起来。

即便如此，我仍然不想过生日。每每这一天快要来临时，心里都有点忐忑，甚至暗暗希望时间能跃过这一天。可是，我众多的弟弟、妹妹、堂弟、表弟们，这几年喜欢凑热闹，并且恰逢我回乡过年时，正赶上生日在那个时间段，所以每年他们都会买一个大蛋糕，大伙吵吵嚷嚷地分着吃。看到这样的场景，心里还是蛮幸福的，不是为自己，是为了这么一大家人能聚到一起。

父亲去世得早，我小的时候没有机会给他送一份礼物，也没能亲口跟他说一声"生日快乐"，说不出口。如若他还在，起码在生日或父亲节的时候，我可以陪他喝一杯酒，这恐怕是我能想象到的最好的父子关系了。父亲和儿子之间，应该是沉默的，或者说，是默契的，不用表达，一切都在酒里了。

包括我们这一代人在内往上数，开始重视父亲的节日，往往是在父亲离开之后。遇到清明节、春节等这样的重大日子，作为儿子总要去给父亲上坟，燃上纸钱，倒一杯酒，撺几筷子菜，自己开不了口，就让孩子们跟爷爷说句话，孩子们不懂，让说什么就说什么，可是当小孩子的话音刚落，已届中年的儿子的眼圈就红了，要赶紧走到一边，平复一下情绪。

当父亲生来就是抗重担的，多年来的家庭教育，就是这么指导的。年轻人无论多浮躁、多骄傲自满，一旦成为父亲，就要弯下腰来，默默地做事。有了责任在肩，父亲就胆小了，有了孩子在膝，父亲就卑微了。没有多少父亲，在拥有这个身份之后，还能够做到自私地只为自己而活。

中国父亲的形象，多多少少都是有些沉重的。这种沉重一方面来自于传统，另一方面来自于文化的塑造，许多男人，是不自觉地套用了父辈的形象来要求自己。现在年轻一代的父亲们，可能已经部分走出了这份沉重，开始能够以轻松一些的姿态来面对这个身份，这是好事。时代与生活都发生了巨变，父亲的情感自然也要随之而变，要守住父亲的责任意识，但在父亲形象的呈现上，要多元化了，不能仅限于"父爱如山"。

从几年前开始，我也不再扮演严肃的父亲形象，尽可能平等地与孩子相处，用朋友的角色和他们交流。记得以前我和儿子说过，其实不用那么客气，生日、父亲节不用发祝福信息的，但他的祝福信息这次还是准时地来了。回复给了他一个拥抱的表情符号，想了想觉得这可能还不够，于是又补了一个大大的卡通卖萌图，很自然地，他没有继续给我回复。父亲节，就这么愉快地过去了。

今夜月明人尽望

在月饼已经不再是大人孩子们梦寐以求的食物时,中秋丢了魂儿。超市里的月饼销量大不如以前,家里别人送的月饼懒得打开。被古人过得丰富多彩、有滋有味的中秋,只剩下了吃月饼这么一个有点仪式感的事情,如今也没多少人重视了。

你问孩子吃月饼吗,孩子给出的反应通常是摇摇头。硬塞到他们手里是不行的,这一代孩子特别有原则,他们只吃自己爱吃的东西,你在一种食品上植入多少历史、文化、乡愁,他们通通不管、不理、不在意。被孩子拒绝之后,你会有些失落吧,咬了一口月饼慢慢地咀嚼几口,失落之余未免还有点伤感。

如今中秋还有看月亮的人吗? 看月亮也是过中秋最简单的一个形式。城市里的人有时候会忘了看月亮,写字楼里加班工作的人看不到真月亮,因为从座位上起身走到楼顶或者走到阳台打开窗户,都会耽误时间。

很多人看的是晒在朋友圈的假月亮,看到别人拍月亮拍得那么好看,自己也想拍。可惜,这只是一个想法,紧随这个想法之后的第二个想法是,算了,朋友圈看看别人晒的月亮也挺好的——不只是中秋节,别的节日,往往人们就用这种浮皮潦草的过客心态,就稀里糊涂地过去了。

吃月饼和看月亮麻烦吗? 一点儿也不。可是,收拾一下过中秋的心情,这个过程太麻烦了。以前过中秋,有大段的时间收拾心情。进了阴历的八月,就有了过中秋的味道,天气凉了,潮水起了,灯笼亮了,桂花酒斟上了,未婚的少女踩着月光到旁人家的菜园偷菜去了,怀揣着找到一个如意郎君的小心事……

以前过中秋,过的不是节,过的是一种心情,一种与节日吻合得非常紧密又妥帖的心情。这种心情是要和节日处在同一个频率上的,不能错,错了一点点,就会感觉这个节日过得不正宗。

就是因为中秋节一年比一年不正宗,所以我们才不那么重视它了吧。各种狂欢的人造节日,虽然有调侃与抱怨,大家过得也蛮投入的。为什么不能把中秋也当成一个这样的节日过呢?不是没人这么想过,可是我们的中秋,虽然被赋予了很多的美好,骨子里总有那么一股冷清,这种冷清只会让人安静,没法让人兴奋。你看过有谁过中秋高兴得一蹦三跳的?小孩子也不会,在中秋,小孩子的快乐也有点默默的成分。

这和我们的文化有关系。传说为了纪念嫦娥才有了中秋节,嫦娥的故事大家都知道,本身就不是一个温暖的传说。李商隐写"嫦娥应悔偷灵药,碧海青天夜夜心",其中的孤独意味,至今读来仍有凉意。

月亮象征着团圆,吃月饼有着良好的寓意与寄望,可依然有人在吃月饼的时候,吃着吃着眼泪便滴了下来,愈加体会到"聚散本无常"的无奈。关心的人都在身边,过一个团圆的中秋节毫无疑问是好的,可是,毕竟还是有无数人在那夜,忧思盖过了美好与幸福,成为不眠的理由。

古代的诗人,极少有把中秋节过得"花红柳绿"的。白居易写"西北望乡何处是,东南见月几回圆",苏轼问"此生此夜不长好,明月明年何处看"，张九龄说"情人怨遥夜，竟夕起相思"，王建叹"今夜月明人尽望，不知秋思落谁家"，刘禹锡诉"绝景良时难再并，他年此日应惆怅"……后人读着这些诗，不知不觉间就被他们的作品代入了情境，脸上有了沉思，心底有了惆怅。

孤独、寂寞、失落、忧郁、痛苦、心疼……这些与情绪有关的词汇，往往因离别而生、因思念而起，中秋节恐怕是最容易令人触景生情的节日。在美好中有悲伤，在悲伤中又期盼，在期盼中又许下愿望——中秋的日子，人的内心是适合用"五味杂陈"来形容的。

只不过古人也好，现代人也好，人们一直都习惯了用美好来遮掩悲伤，这么做一是不愿意自己的心事被别人看到，二是不愿意破坏了难得的节日气氛。所以，在中秋节的时候，不要轻易去打探一个人的内心，让他独自体会或沉浸于这个节日就好了。

故乡送信人

　　搬了家,住到了离旧家二十余公里外的地方,但通信地址还是老地址,每逢有重要的邮件,总会收到邮递员的电话。我把他的号码存了起来,手机响时看到屏幕上显示的是"邮递员"这三个字,内心便有了温暖、妥帖与愉快的感觉。邮递员的话不多,每次都是这句:"邮件我给您放邮箱了啊,记得回来拿。"时间久了,不由便把他当成老朋友。算来算去,一个月当中收到的电话,竟然数邮递员打来的最多。

　　我有邮递员情结,童年时就有。在村子里,每每见到邮递员穿着制服,骑着自行车,一路按着铃铛潇洒地来回,心里便羡慕得不得了,觉得这真是个帅气的职业。以前人们爱用什么词形容邮递员来着?对了,是"绿色天使",因为他们总是带来好的消息:谁的案件平反了,谁家的孩子被大学录取了,谁在远方的有钱亲戚来信了……这对生活在偏僻乡村的人来说,都极让人羡慕,邮递员的一声铃铛响,就意味着有人的命运要发生改变了,这能不让人激动并感恩吗?

　　童年时我家极少有邮递员上门,每次看见那位"绿色天使"从我家擦门而过,没有停下来,心里就会有小小的失落。我多希望父亲能把邮递员叫停下来,哪怕请回家喝一杯茶也好,可惜父亲太忙,抑或觉得他这辈子与邮递员不会发生什么联系,从来没有请邮递员回家坐坐。

初中的时候，我去镇里上中学。实在忍不住了，快到放寒假的时候，提前给家里寄了一封信，写的是我自己的名字。放假回到家后，果然那封信很准确地投送到了。很遗憾我没亲眼看到邮递员送信到我家的情形，不然的话，我肯定会和他聊几句，没话找话也要聊。后来，类似的事情我还做过几次，每逢升学、转学或者搬家，都会第一时间给自己寄一封信，测试一下新地址能不能收到。

为了每天都收到信，我在镇政府找到第一份正式的工作后，订了许多份杂志与报纸。邮递员每天都会送来一大捆邮件到传达室，属于我的那份，会单独卷成一卷，每天把那卷邮件带回办公室细细地查看，成为一件很快乐的事。

后来我还真如愿以偿与邮递员成了朋友，因为有段时间我的办公室搬到了镇邮局的二楼。如此一来就方便了，每天和小镇邮局的局长、邮递员都打照面，下班没事的时候，就和他们玩牌，赢了的人请大家去附近的小饭馆吃饭喝酒，结下了深厚的友谊。那段时间我的邮件不需要送了，每次分拣完毕，都会给我留在分拣室的一个角落里，自己过去拿。北漂离开家乡之后，在长达五六年的时间里，还经常做梦梦到我的邮递员朋友喊我取邮件，醒来总是会惆怅一会儿。

北漂的时候没有固定地址，在邮局租了一个信箱，一租就是十年。这个信箱就是我在北京最稳固的家，无论东西南北城搬家了多少次，这个邮箱总是不变的，想来，这是漂泊他乡时，少数令人感到踏实的事情之一了。家里人，远方的朋友，陌生人，想要在北京找到我很容易，往这个信箱寄一封信就可以了。十年间，我也与租信箱的这个邮电局支所的大多数人成了朋友。

这些年，只要是与邮递员与信件有关的文艺作品，都会让我产生很大的兴趣。智利作家安东尼奥·斯卡尔梅达写过一本书名字叫《邮差》,讲的是渔民的儿子马里奥·赫梅内斯为了能与诗人巴勃罗·聂鲁达通信而选择当了邮差,在聂鲁达的撮合下,赫梅内斯成功地娶到了自己喜欢的酒馆女郎阿特丽斯。这个笨拙的送信人,在聂鲁达的影响下学会了写诗,他就是用类似"即使那个女人用剃刀刮我的骨头,我也在所不惜"这样的句子,赢得了芳心。

中国作家的作品里也有不少有关送信人的描写,书中写到的送信,大多数时候还不是写在纸张上的信,而是民间流行的口信。这些口信要么是约定时间与地点"务必相见",要么是转告远方亲人带给家属的话,甚至还带有"汇款"功能,帮忙带钱。几十公里,几百上千公里,一个口信就这么颠沛流离地"人肉"带过来了。这个口信是多么地重要,一个记忆错误,本该相见的人就错过了,一个坏心眼儿,改变一下词意,就把本来美好的事变邪恶了。送口信的人,道德必须特别高尚,才能把信不变味地送到,帮人把事办妥当。

手机与移动智能时代,不太需要送信人了,送信这个职业,也渐渐地被廉价机器所取代。可我还是想念从前的邮递员,想念文学作品里那些风尘仆仆只为把一句话带到的口信捎带者。在他们那里,仿佛能看到人与人之间具有温度的联系。这个时代,随着送信人的逐渐寂寞,一并消失了多少让人感动的事物啊。

大雨是我的童年阴影

外面又下大雨了，听说个别地方还下冰雹了，我是通过朋友圈知道这个消息的。家里的窗户封闭得很好，听不见雨声，如果拉开窗帘的话，是可以与网上的朋友同赏一场雨的，但我没这么做，我仿佛对大雨有一种躲避心理。

大雨曾是我的童年阴影。你不知道以前的农村，雨下起来究竟有多大。我曾在七八岁时的某个黄昏抬头望着下大雨的天，怎么形容呢，那天上就像有一个大窟窿，用"倾盆大雨"来形容远远不够，那不是雨，那是一条河，一条站起来的河，一条站起来的、扭动着身躯的、咆哮的河。

看过这样的雨之后，我就不信海底有龙王了，龙王没这么大能量。我在电视剧里看过，龙王喷水的时候，顶多够浇灭几所失火的房子，而那个"窟窿"没完没了涌出来的水，像是可以淹没整个世界，那条河太粗了，太黑暗了，力量太强大了，没法被阻挡。

我还在电视剧里经常看到这样的剧情：有人吵架之后，夺门而去，外面电闪雷鸣下着大雨。我总不太相信这样的情节，一般情况下，谁想在雨里冒险呢，雨太可怕了，我要是离家出走的话，就绝对不选雨天。要走也等到第二天雨过天晴之后，踏踏实实、开开心心地走。

因为从小对雨有恐惧心理，所以基本没遭过雨的罪。伴随着年龄的增长，超级大雨的发生次数似乎也少了，成年后到城市生活，工作在大白天也开着耀眼日光灯的办公室里,下班直接从楼底的通道进了地铁,往往出了地铁才看到外面雨点纷纷、地面积水,恍然大悟般在心里感叹了句:哦,下雨了。

但人活一生,怎能躲过大雨的袭击?大约五年前,我开车载着家人从北戴河回北京,刚上了高速公路就下了大雨。一开始不以为然,觉得高速公路的多数路段都是高架,下大点雨也没啥。但事实情况完全不是这样,那天的雨不是瓢泼,也不是桶泼,干脆是一条瀑布在车前挡风玻璃那儿晃动,视线看不到五米之外。油门收了又收,慢到不能再慢了,但还是觉得危险,不敢停车,担心后面的车看不见我的双闪撞上来,只能一边慢慢开,一边间歇性地按着喇叭……那一路真是开得提心吊胆,直到进入北京境内,天神奇地晴了,再开几公里,路边干燥无比,滴雨没有,真是神奇的一段旅程。

下雨天尽量不要出门啊,我这样告诉孩子,孩子不以为然。这真让人忧心忡忡,孩子小的时候,哪知道外面风雨大呢?大人为孩子担忧,甚至因此唠叨,是基本没什么用的,他们早晚要走出门外,面对自己的风雨,在某个孤独无助的时刻,想起父母的话,对人生产生自己的体会——要么感慨生活的艰难,要么喟叹命运的无常,不知道那个时候,他们是否能够做到内心保持一份平静,在了解这不过是无数种需要面对的生活常态之一后,有"不过如此"的勇敢,也有"但求平安"的谨慎。

大雨是谁都承受不了的,童年的孩子承受不了,中年人也承受不了。记得在风雨中用力抗着自己的货车不被吹翻的司机吗,记得无力扶起翻倒水中摩托车的送餐小哥的哭泣吗,记得全部家当被泡在水中那些人的愁容吗……大雨就像是个劈头盖脸的教训,躲是躲不过去的。

但大雨之后,生活还得继续啊。继续在几尺屋檐下过好平凡琐碎的日子,继续展开双臂呵护需要保护的孩童。雨水落在脸上就是汗水,汗水就要及时地抹掉,不能让它挡住往前看的视线,或许可以这样安慰自己:这点雨算什么呢? 大风大浪都走过来了,咱们继续奋力前行吧。

高速路边的村庄

楼北边有条新修的国家高速公路,高速公路北边有个村庄。打开我家的窗户,可以看到这个村子。俯视下去,村子不大不小,被一种不知名的大树笼罩着。

有一天我去路边店修车,小伙计搞不定,带我进了村子找他修了二十年车的师傅。我住附近四年多了,这是第一次进村。师傅五十岁上下的样子,很和善,他的爱人也很友好,刚坐下就递过来一瓶矿泉水。

村子就是好,虽然远处不时传来大货车路过发出的轰鸣声,但莫名就是觉得安静。鸟飞进修车棚,站在一根电线上,偶尔叫两声,不知道谁家的脸盆掉在了院子里的水泥地上,"哐当"一声响,也显得悦耳。

每天见到的人,多少都有些焦灼,可修车的夫妇俩不一样,许久没有见到过神情这么放松、悠闲的人了。肯定是没有房贷、使用自家院子也不用交房租的缘故,我暗自想。

师傅在发动机部位下的修理坑里忙活,隔一会儿就让爱人帮递一个工具。他说的话,她经常听不清,要问几次,他不烦,她也不烦。真好,放在别的地方,早吵起来了。

等候的一会儿,我想出去逛逛,跟师傅打了个招呼,信步走进了村子深处。道路安宁,绿荫成片,一只狗从门缝里努力想挤出来,看见我叫了一声，不像是警告，倒像是打招呼。村子里的住户，大概也只剩下不到三分之一了，狗也难得见一次陌生人，恐怕也只图个新鲜，忘记了防备。

村子虽小，但能看得出历史的痕迹，有的房子明显上了年岁，建筑样式古老，砖瓦皲裂，院墙也倒了，主人随便竖了几片石棉瓦权当新院墙。更多的房子，像是建筑于二十世纪八九十年代，红砖被雨雪浸泡久了，变成了淡红色甚至黑紫色。村子里的树，这回也看清楚了，是大槐树，一棵棵的，粗壮、旺盛，像是电视剧里看到的那种。

村子边缘有一片树林子，各种杂树长得密密麻麻，不少树身上像是有刺，不敢进，只好站在边上看一会儿。树林子里有处人家，是收破烂者临时的家，怕被拆，临时搭的居住棚子，棚子外面，丢了件沙发，看着破，但觉得坐上去也会蛮舒服的样子。

这处人家，让我流连了许久，它没有围墙，只有随便插了一些细木棍子，告诉过客这是私人地盘。好玩的是，居然在这些细木棍子中间，还戳着一扇门。我喜欢这个"院子"，还不在于主人的既散漫又认真，而在于院子里有几处开到极为"嚣张"的月季。花不挑人家，种在富人家或是穷人家，都一样拼命地开，想起傍晚的时候，收破烂的人辛苦一天回来，坐在沙发上看着花喝杯小酒，也是挺开心的一件事。

村子里当然少不了会见到一个"拆"字，以前人们喜欢临山水而居，现代人喜欢临高铁、高速路而居。这个村子紧挨着高速路，用不了几年就会消失了，取而代之的会是一片玻璃商务楼，或是一片拥有花园的居民小区，没准还会是片别墅。

究竟是消失了好呢还是保持现在的样子好呢，我替这个村子考虑了许久，最后还是惆怅地觉得，它是难以被保留下来了。不但房地产商整天盯着它，村子里的人，也希望换一个好一些，更干净卫生的住处吧。

　　我在村子里出生,但已经三十多年没在村子里生活了。见到村子就觉得亲切,也有些莫名的复杂的情绪。高速路旁的这个村子,就让我又是欢喜又是愁了半天,该不是那该死的乡愁又被牵引出来了吧。

老家下雪了

在朋友圈看到老家下雪了这个消息时，我正在北京三里屯等待叫的出租车。已经是夜晚了，路上堵车堵得厉害，霓虹闪烁，寒风凛冽，耳边偶尔传来几声不耐烦的汽车喇叭声。然而在我看到"老家下雪了"这几个字的时候，时间好像忽然慢了下来，空间也似乎突然静了下来，脑海里浮现出一片老家下雪的场景。

老家下的雪，是真的雪。不是说北京的雪就不是雪了。北京的雪总是有点矜持，千呼万唤之下，方缓缓从空中降落，稍有点鹅毛大雪的意思，风一吹便没了，薄薄一层的雪落在交通繁忙的大街上，被车轮一碾就化成了水。这两年，周边的城市总是偷偷地背着北京下雪，北京干脆成了一个没雪的城市。

老家处在北方与南方的交界处，但整体上还是一个典型的北方小城，每年的冬天，都会至少有一场像样的大雪。说老家的雪大，也是相对而言的，真正的大雪，要追溯到三十年前——不把门堵上一小半，早晨推门推不动的雪还叫大雪吗，不让草垛胖上一大圈全变成超大号"馒头"的雪还叫大雪吗，不让家犬急匆匆跳出家门陷进雪地走不动步等待主人救援的雪还叫大雪吗？

以前老家的冬天是难熬的，身上穿的不暖，寒冷无处躲藏，但偏偏下雪的那几天，孩子们都变得不怕冷了，打雪仗，吃冰凌，回到家鞋窝子里都是化了的雪水，拿炉子边一烤冒出热腾腾的蒸汽，吃点东西还没等鞋子烤干,套在脚上转身就又跑雪地里玩去了。

雪天可玩的游戏其实不多,雪仗打累了,堆个雪人,个个奇丑无比,没等堆好小伙伴们便一拥而上一人一脚踹个稀巴烂。要么就是抓麻雀,用树枝支起个箩筐,箩筐下撒上一小把粮食,雪后无处觅食的麻雀三三两两地跳来了,带着警惕的眼神,摆出一副随时逃跑的姿态,但就是这样,仍避免不了会有七八只十来只成为我们的猎物。雪天吃烤麻雀,留下满嘴黑。

当然,之所以对老家的雪天印象深刻,还与雪天带来的那种孤独感有关。有一年放寒假,成绩没考好,一个奖状也没得到,下午放学后不敢回家,一个人走向雪野。大雪把田野全部覆盖了,近看时庞大无比的草垛,放在雪野的大背景下,全部变成了星星点点的小物件,大树也仿佛小草般寂静、柔弱,连村庄也都不起眼了,远远地卧在一隅,淡淡的炊烟仿佛村庄呼出的雾气。

那种孤独感,不敢说旷世吧,但对一个孩子来说,还是很震撼的。大雪让人感到极其渺小,你在雪地里无论怎么跑,都像是原地踏步,无论怎么大声喊,都会被绵厚的雪静悄悄地吸收。人在雪地里,像一只乌黑的蚂蚁,唯有一小步一小步地走。走着走着,心事便没了,再走着走着,人就莫名地变开心了。那天我在雪地里漫步到天黑才回家,一副若无其事的样子,家长居然也没问成绩究竟如何。

说来,大雪终归还是属于村庄的。进入县城生活之后,雪尽管也不小,但再也没见过村庄里那么大的雪了。雪不喜欢人聚集的地方,人口密度越高,雪就越稀薄。不是雪害羞,是雪有点恶作剧心理,你越盼着它下得大一点,它越不给你面子。而在村庄,人们看一眼天际线,呼吸一下空气,品尝一下嘴里的味道,说一句今晚可能要下雪,便不再多言了,第二天早上,准给你一场意料之外的大雪。

五六年前我回县城过年的时候，和朋友在街边的饭馆喝酒，那晚的雪下得很大。喝完酒出门接近半夜了，雪把楼房、街道、学校什么的都覆盖了，雪把县城变成了村庄。我们开心哪，趁着大街上一辆汽车也没有，把街道当成了滑雪场，开始的时候还是用脚打滑，后来干脆猛跑几步然后把整个人摔出去，一下子摔出好远。我们还去了老同学的家门外，捏了雪团砸他家的窗户，把他从暖被窝里拉了出来，和我们一起滑雪。

　　等我叫的出租车到了，离开三里屯的时候，关于老家下雪了的消息，在朋友圈变得更多了，有人开始不断地发小视频刷屏。我在老家的朋友群里问了句："听说老家下雪了？"瞬间的工夫，好几个朋友都开始回应，看来，大家对下雪这件事都觉得很兴奋。

　　出租车里的暖气开得很足，刷了一会儿手机闭上眼睛假寐，脑海里在想，"老家""下雪"，这只是两个简单的词汇，为何它们组合在一起，会带来如此大的信息量，造就如此庞大的意境？莫非下雪这个事很平常，而我开始想家了吧。

第四辑

浪潮来临

穿过 2018 年的暗潮

前些天,看到高晓松的一篇采访,标题是《四十九岁高晓松:此刻,我最想睡一个晴朗的觉》,对于这个说法,高晓松的解释是:"若你此刻想问我,在想什么?最想在什么地方?我会答:最想在十六岁时北京四中的宿舍里,初恋还没开始,睡一个晴朗的觉。"

人近五十,高晓松这次仿佛真的放松下来了。"他说,他只是来玩一会儿的,反正玩一会儿天就黑了,就该回家了。"记者如此描述他的状态。真好,说来,我们这帮"70 后",都是奔着五十的年龄去了,能像一个小孩子那样,在天黑之前回家,是多么轻松的心态。

我觉得高晓松送给了自己一个礼物,这个礼物的名字叫"轻"。不是减肥去油腻之后身体的"轻",而是灵魂与生活真正实现吻合之后,舍弃内忧外患回归纯真的心灵之"轻"。有谁不愿意在十六岁的早晨醒来,无忧无虑地一跃而起,跳进生活的大河畅游?

高晓松的朋友老狼,前段时间在微博上很活跃。这个被年轻人遗忘了的歌手,和一帮朋友在一间简陋的饭馆里吃饭,兴之所至,朋友们弹奏起了乐器,老狼手持手机拍摄并演唱了一首他的老歌《美人》。那种动心,年轻人会懂吗?曾经年轻的"70 后"会懂。

老狼和他的朋友们,在餐馆里玩音乐,像一群孩子一样,没有媒体偷拍,没有粉丝尖叫,视频发到微博上,甚至也没有多少转载。流量时代的一切浮躁与虚假,都与他无关,老狼也把那份名字叫"轻"

的礼物送给了自己。

说到礼物，2018年给朋友中的老男人也送了几份礼物。一份是一个宝丽来相机——没错，就是女孩子们喜欢的那种一次成像相机，只不过颜色选了黑色而不是粉色。朋友很喜欢，拍了很多卖萌的照片。一份是"大礼"，一个来自日本的沉重的工艺铁壶，日常可以烧水喝的那种。据说烧出的水可以比普通电水壶高出两摄氏度，适合煮或泡普洱茶。我把这个很"养生"的信息告诉朋友时，他眼睛一亮，说这个好，可以把家里的电热水壶扔了。一份是一束生日鲜花。男人之间不能送鲜花吗？完全可以。收到花的老大哥拍照时笑得很开心，我知道把车临时停到路边花五分钟包出来的花束，是适合给老男人们的礼物，它表达的是一种深厚的友情。

网友们在今年，喜欢把2018倒过来说，常见的说法是"都8102年，你还如何如何"之类。8102，给人一种时间无多的错觉，我也是在今年，才真正学会了对别人好，也对自己好。对别人的好，不再说了，对自己的好，很简单，就是把更多的时间，用来看书、看电影、散步、接孩子，盯路边的一草一木发呆，拿手机拍公园小路上慢慢爬行的毛毛虫……

当然，2018年我送给自己最好的礼物，是重新开始写诗。这是一门扔下了二十多年的手艺，中间想拾没有拾起来。可能因为无聊且时间充足的缘故，诗悄悄回到了心里，通过键盘流淌到了屏幕上。

刚开始写时，有些腼腆，不好意思拿出来给人看。后来不小心知道，身边几位常年宅在家里的中年男人，不约而同地都在写诗。有一位不写诗，但评论起各位的诗头头是道，开口就是"你的诗一直使用第三视角……"于是，几个人就以居住地不远的一条河流命名，成立了一个名字叫"潮白河诗社"的群，每晚睡前往群里丢一首诗，早晨醒来有灵感写好之后再丢一首，有时候还写同题诗。

写诗改变了我，或者说纠正了我。诗会让一个人变得开朗、开放、流动起来，变得愿意接触人，接触社会，变得包容，更愿意与人交流时注视对方的眼睛。

不久前，在香港机场旁边酒店附近的荒地散步时，看到有段一米多高的栅栏，忍不住助跑几下一跃而过。同行的朋友看呆了，说了句："你居然还能够身轻如燕！"是的，我一直没觉得自己老过、中年过、沉沦过。或许沉重过，但现在我不要那沉重，我要轻。

像一个诗人那样活着？我知道这么说有点不可思议，但其实没那么难，一切都只是选择问题。选择在焦虑中像机器那样重复而单调地活着，还是选择低欲望的简单生活，这需要经过复杂的考虑与计算，但想通也不过是一瞬间的事情。

2018 年给我个人的印象，要比往年更快。快不是问题，也不再让我恐慌，反正快慢当中那些被虚度的时光，更多是浪费在自己手上。我和身边的朋友们，今年最大的收获是回到文学那里，写自己愿意写的文字，并把这当作光来照亮自己。

我也确信，这个世界会有更多人，也正在穿过生活的暗潮，突然有一天站在自己选择的道路上来，这条路也许荒草丛生，但想让人停下来、躺下来，去体会由阳光、花草、尘土等构成的世间味道。

悼文与诗

2019 年到来的第一天，在社交媒体上一句话也没有说。记得 2018 年到来的那天，在朋友圈写了句"愿世界和平"，得到了许多朋友的点赞。而今年，唯想沉默地度过。

在时间意义上，新年除了称谓以及一些仪式感的事物，与平常的日子并没有太大区别——时间不会快一分，也不会慢一分，时间依然会像流水那样，覆盖一切，永恒的依然会永恒，短暂的依然会短暂。

我无时不渴望生命发生一些重大事件，却日渐习惯了这平凡、庸俗而又忙碌的生活——忘记了哪位作家说过类似的话，但这句话最近却时不时浮上脑海。

竭力地想过去的一年发生了什么，我做了什么，脑海里一片空白，内心里一片茫然。这一年过得太快，以至于去年许下的愿望，还没来得及仔细去规划、去考量，时间就唰的一声揭篇了。

2018 年我计划写一部小说。如果往前数我的年度计划，恐怕这个想法已经数度出现在我的宏愿当中。记得 2018 年初的时候，和一位朋友很认真地讨论一个问题：还能令你感到激动的事情是什么？或者说，你现在最大的虚荣心是什么？

当时我的答案是：写作并出版一部长篇小说，一定得是纸质出版，一定要有些厚度。它要摆放在书店里的某个位置，最好通过橱窗可以看到。它不见得畅销,但每天至少有一位读者路过,买不买没关系,拿起来翻一下就好……这是一个美梦,是一名写作者的最后的梦想。

但我不敢把它写进我的新年愿望清单里。事实上我不愿意把任何的愿望,以可以查询的方式记录下来。我似乎在躲避着什么,我更愿意用一些宏大的意象来掩盖某种不安,比如"愿世界和平",连我都不相信这五个字是否真挚。

2018年我成了一名悼文写手,这一年去世的人太多,每每在一天的上午醒来,微信里便接到编辑约稿信息:×××去世了,可不可以写一篇纪念文章?

我很少拒绝这样的约稿。虽然明知道在这样的时刻去评价一个人的生平,是仓促且没有说服力的,但我的内心有一股力量,它试图说服我去梳理一个人的一生,并以为会从中发现一些秘密。我渴望这些秘密能启发我,于是我沉浸其中,没有哀伤,也不必煽情,力争克制而冷静,当然,也排除不了有浅薄的成分。

这一年,我为国内的金庸、李敖、二月河、单田芳、李咏、臧天朔、林岭东写了悼文,为国外的斯坦·李、贝纳尔多·贝托鲁奇写了悼文……我并不觉得用"群星陨落""一个时代的落幕"是一个好的形容,至于"上帝又想念什么所以又带走了谁"这样的说法,更是显得有点像开玩笑。每个人都是这个世界的过客,只是创造者留下的痕迹更清晰一些,那些呕心沥血的创造者,也许不过是奋斗着、奋斗着,发现工作已经与自己的欲望融为一体,名声只是意外得到的副产品,唯有不停歇的创造,才能让他们的心得以安宁。

2018年,我的心也得到了安宁。夏天的暴雨之夜,我的车在一条宽阔的马路上抛锚了。没错,就是那种宽阔的柏油路,一下大雨,就变成了海，一吨多重的汽车，在"海水"中变成了轻飘飘的船，午夜的"海上"，漂着无数这样的"船"。在那瞬间我感到有些无奈、荒诞，但却丝毫没有恐惧，甚至没有马上离开汽车的打算，那么静静地一个人坐在方向盘的后面，看着前面闪烁着黄灯的车尾，回头望着不断扎进"海"里的新"船"，心里的静慢慢变成了疲倦，想像少年派那样沉沉地睡去，想在第二天早晨阳光照射大地的时候，一地狼藉的街道，会写出怎样的"故事"。

2018年，我为这条经常被淹没的街道写了两首诗，在去酒馆喝酒的出租车里写，在饭馆吃面的时候写。2018年发生在我生命里最大的一件事是恢复了写诗的能力，这是少年时才喜欢的事，我曾以为这种能力已经永久地丧失。

再次喜欢上写诗，是因为一位主播在网上搜到了二十多年前我写的一首诗，并朗读了出来。朗读的音频在某个夜晚又被我偶尔搜索了出来，于是，前网络时代的分行文字很神奇地在多媒体时代焕发了一次生机。把这首朗读作品转发到了朋友圈，许多朋友点赞。

放在前几年，是不太好意思把自己写过的诗，堂而皇之地示众的。今年不一样了，总想写点分行的文字，哪怕写完了要藏着掖着，扭捏着不想发表出来给人看到。等到某次喝点酒后，冲动之下再把它贴出来——中年人写诗怎么啦？鄙视诗人的时代算过去了吧。

写诗具有神奇的"蝴蝶效应"，有朋友看了我写的，转身就把自己写的旧诗歌也贴了出来。我的一位多年老友十分起劲，最多的一天给我发来四五首新写的作品。当我赞叹他产量的时候，他的回答是："都是你闹的，想拼一下。"拼诗，这种带着少年意气的事，发生在中年人身上，还真是蛮少见。

不久后的一个晚上，一起吃饭的五位朋友，数了数竟然有四人写过诗,而且现在不约而同地恢复了经常写诗的习惯。几杯酒之后,一位朋友拿出手机开始朗诵他的诗,情绪很激昂,朗读很投入,幸好饭馆里没什么人,没引起围观,倒是服务员饶有兴趣地拍了几条短视频发到抖音上去了。估计配的说明文字是:瞧这几个傻瓜在读诗!

在公共场合读诗,是比较稀罕的一件事了。以前我认识一位诗人,每次喝醉后我顺路送他回家,坐在公交车或地铁里的时候,他好几次拿出一本诗歌杂志,当着众多乘客的面朗读。北京公共交通上的乘客见多识广,没把他当回事,各自打盹,要是放在现在这个短视频流行的时代,他早就被上传到网上接受网友们的审阅了。

人到中年,为什么又喜欢写诗了?这个问题值得好好思索。要知道,这可是明知不可为而为之。中年是与诗隔得最远的年龄。尤其是经常刷屏的公号文,把中年描述得无比沉重、沉痛,而且有"污名化"的嫌疑。在这样的舆论环境下,写诗算是一种反抗。

其实在对中年的诸多定义当中,还有一块宽阔的空白地带,那是中年人的心灵自留地,栽花种草写诗歌,随意自在一些就好。写诗起码能表明,大家还是愿意用这个过时的办法,来表达自己可能并不愿意为人所知的内心世界。

中年写诗,有怀念少年心境的动机。在青春期,能有一段写诗经历,会是人生宝贵的记忆。写过诗的人会知道,那些现在看起来无用的文字,曾经给自己带来过不小的帮助。诗是漫长空洞青春岁月里的一棵长势旺盛的大树,可以让脆弱的心灵避免遭遇残酷现实的曝晒。

诗也是一间简陋但却充满安全感的心灵避难所,当年轻人对外界产生无望情绪的时候,起码还可以躲进诗里,与自己的影子交谈。

当然,中年写诗,更是为了创造一个与自己灵魂对话的契机。想想看，你有多久没有与自己对话了？不是不想，是没有时间与空间。但写诗，会给拥挤、闭塞的中年生活，强行打开一个窗口，让风吹进来，让心短暂地安静下来。

写在手机记事本的那些句子，不再笨拙，也不再讲究雕琢，而是心境的自然流淌。这个年龄，你去和谁倾诉呢？打开手机写几句，是多么好的倾诉方式。

中年写诗，会被嘲笑吗？不用担心这点，因为大家压根儿没有工夫去嘲笑你，人们的注意力都在别的事情上，你写几句东西发在朋友不多的朋友圈，压根儿算不上什么值得关注的大事。但对你个人来说，这是大事，这意味着积累了一二十年的话，终于找到了一个出口。

诗是多么好的外衣，它帮你宣泄，也帮你隐藏，你用诗制造着迷局，带着只有自己能懂的喜悦。你收集着那些勉强可以留存下来的句子，小心翼翼地积攒下来，它们会是一笔可供老年时配酒的菜肴。

最近开始拉拢更多的中年朋友写诗。被拉拢者也没有觉得羞赧，多是痛快地被拉下了水。有可能的话，没准还能成立一个"××诗会"，夏天的时候到河边读读诗。这样的事我又不是没干过，记得2002年的时候，曾经和二十来位朋友到树林里开诗歌朗诵会，大家有骑自行车来的，有骑三轮车来的，还和树林里摔鞭子的大爷、跳舞锻炼的大妈抢过地盘，结果被一群大爷大妈赶到了一边……

那时还年轻，总觉得这样的聚会可以长久，但转眼间十多年过去，却再也没有类似的聚会。这十多年是怎么过来的？真是令人唏嘘。

记得在入冬后的那个夜晚，朋友邀请我到一个类似客栈食堂的火锅店吃火锅。那晚的火锅店人声鼎沸，喝了几杯酒之后，我的朋友忍不住开始朗诵他的诗歌,这个时候,对面桌的年轻人开始了他们的大合唱,我记得那首歌的歌词:"一根筷子哟,轻轻被折断,十双筷子哟,牢牢抱成团。"年轻人正是血气方刚,很快声音压过了我们。但我们这帮中年大叔觉得很高兴,因为年轻人的参与火锅店的整个夜晚都充满了欢乐。

这就是我的 2018 年。我已经忘记了这是进入中年后的第几个年份。这一年世界上或许发生了许多大事,但在我的生命里没有大事发生。我的内心像一棵松树,缓慢而平静地生长着,渴望着大风与雷电,也渴望微风与初雪……

告别 2019

"每当浪潮来临的时候，你会不会也伤心？"当新裤子乐队在 2019 年《乐队的夏天》唱出这句歌词，人们久违地感受到了音乐扑面而来的时代质感。"没有文化的人不伤心"，新裤子又在另外一首歌里这样唱。像新裤子这样已经有二三十年知名的乐队，仍然能够在当下再次"翻红"的人还有多少？没人给出答案。

2019 年 12 月的一天，"最尴尬的知识分子"许知远出现在了淘宝第一女主播薇娅的直播间。当薇娅告诉他短短几分钟里已经帮他卖出去 6500 本"单向街日历"时，许知远发出了难以置信的感慨。同样，冯小刚导演也来到了薇娅的直播间，17 万张电影票被一抢而空。这种源自商业渠道乃至文化消费层面的巨大变化，很不为太多年龄超过四十岁的人所知道。

名字被脱口秀选手卡姆读成"掌勺刚"的中国传媒大学博导张绍刚，在 12 月下旬《吐槽大会》第四季的节目中，发出了与许知远类似的惊诧。这一期的主咖是英雄联盟项目电子竞技选手、游戏主播第一人 PDD 刘谋。在请刘谋就座之后，张绍刚发出了大意为这样的感慨：不求节目请来的主咖名气有多大，好歹自己能认识就行。当然，这只是一句具有"张绍刚特色"的幽默吐槽，但事实是，不同年龄群、不同领域之间的鸿沟，正在开裂得越来越深，这让许多人由衷地产生这样的认识：时代真的变了，这是创造奇迹乃至于"神迹"的时代,而且,他们的创造方式,又是那么与众不同。

一个男生卖口红,并且是在直播间面对400万网友当众涂抹试用,这在前互联网时代是不可思议的事情。十年前互联网上也是神人辈出,但他们可以语不惊人死不休,可以出丑,但却不约而同地恪守着某些边界不去突破。李佳琦一次直播可以带货350万元,这不仅是一个销售奇迹,也是消费理念的一个巨大转折。在李佳琦以及众多主播身上,可以观察到庞大的新一代群体思想精神与生活方式的变化,他们拥有了全新的价值观,并且身体力行地去颠覆传统,他们创造着属于自己的文化,理直气壮地把"无用"变成"有趣"。

这一年,电影作为一种特殊的文化产品,也取得了不错的成绩,2月公映的《流浪地球》总票房46.55亿,雄踞全年全球票房排行榜第四名,7月公映的《哪吒之魔童降世》再破纪录,票房高达49.75亿,但这两部电影的导演,不是张艺谋、陈凯歌,而是郭帆、饺子。这两位都不是学院派,甚至专业出身与电影没有任何关系,在这两部电影公映之前,没多少人知道他们的名字。即使是他们拍片的投资方,恐怕在做决定时也不会想到,如此名不见经传的新导演,不但将拥有国内顶尖导演无法实现的票房数字,也将产生世界级导演在中国所不能达到的影响。

在中国互联网的第一个十年,以电视台中的《超级女声》、网络上芙蓉姐姐、天仙妹妹为代表,创造了独特的"草根文化"。作为一种不规律的、没有标准可言的社会文化现象,草根文化生机勃勃,显示出强大的生命力,直到今天,草根精神仍然在无形中影响着网民的言行。但清晰可见的是,在当下的互联网平台乃至于社交舆论圈层,草根精神正在下沉,或者说,草根精神成了网民面孔的一个组成部分。在新网络用户的脸上,出现了一种此前多年并没有出现过的表情。

网络视频博主李子柒,拥有海外700万粉丝,被誉为中国"文化输出"的一张名片。李子柒突然之间的"国际化",在于她无形当中契合了中外网民的一些有关人生、有关生活的渴望。她呈现出来的视频内容,带有足够多的"童话色彩",既朦胧又真实。这种"童话色彩"的形成,在于她是现代生活的反叛者,是科技、智能的抵抗者,是传统文化与传统生活方式的守卫者。

曾经敏锐的"80后"一代进入了中年,面对一堆流量明星,他们不免脸盲。当心目中的偶像周杰伦面对新星的竞争时,"80后"采取一种保守、笨拙但又执着的方式来捍卫自己的中流砥柱地位,以投票打榜的方式帮助周杰伦登顶超话榜首。"80后"群体曾在非议与轻看中成长,互联网平台给予了他们成为主流的机会,但移动互联网又迅速把阵地交给了"90后"乃至"00后""10后"们。"80后"面对舆论场上的焦点转移,并没有感到失落。他们像上一代人那样默默地把重心转向生活,帮助周杰伦超话登顶,也许是他们进行的最后一次带有文化意味的青春集体祭奠。

在这一年,把握住时代脉搏的代表性事件,莫过于国庆档的三部电影《我和我的祖国》《中国机长》《攀登者》,三片携手创造了50亿票房。中国电影数年来的追求,在2019年这一年实现重大突破,真正接近于打通了想象力、技术呈现与情感触碰等层面的隔阂,使得影片显得既好看又完整。在叙事角度上,也真正做到了降低姿态,以小视角切入展现大格局,以朴素的情怀展示宏大的精神,而三部电影的成功,恰是一种集体心态的体现。

似乎并没法找到一个确切的关键词来形容这样的变化,难道把当下的这种状况称之为"新草根时代"吗?显然这是不准确的。再有草根网友用以前的方式"一夜成名"是行不通的,因为这会招惹来群嘲。草根精神当中最具价值的那部分，也失去了锋芒。人们更加注重个体感受，也更懂得寻找到自己合适的站位。大家不再抱怨，反而是在认同了这个社会运转的某些规律之后，有了更平淡、从容甚至宽容的心态。不用某个词、某个符号、某种属性、某个阶层来命名自己，是个体觉醒的标志。

以前的草根明星，是网民有意制造出来的，而现在诸如薇娅、李佳琦、李诞、郭帆、饺子等这样的销售明星、综艺达人、商业片导演，是凭借自己的努力奋斗出来的。他们的成功，带有必然性与正当性，如姜文在拍摄《让子弹飞》时所说的一句话："站着把钱挣了。"这些家庭出身平淡无奇、没有任何骄人背景的新公众人物群体的兴起，反映出中国商业环境、文化气氛、精神价值等宏大领域悄悄发生但不可阻挡的裂变，风口、幸运儿、机缘等这些，不再是解释"成功"的关键词。

"浮躁""焦虑"，是过去几年特别流行的词。在进入碎片化时期之后，浮躁已经是一种常态。焦虑一直是现代社会的标配，但也会因为人们重燃新的向往而被稀释。

如果让我寻找一个 2019 年的关键词，我会选择"裂变"。裂变早就开始了，但在"2010 年代"的最后一年，裂变的趋势与裂变的现实，几乎已经定型，在将要到来的"2020 年代"，人们将会带着点困惑、带着点新鲜、带着永不消失的希望感，来面对世界、生活的变化。

面对变化，有人站在了合适的时间点与位置，成为风云人物。而必然有的人因为拒绝的姿态停留在一个安全圈与舒适圈边上，发出一声长长的喟叹。

你会不会也伤心

    2000年3月,也可能是2月底,我从鲁南小城来到了北京。每当需要回忆起哪一天到达北京时,总想凑个好记的数字,说:就算是2000年3月1日凌晨到达北京站的吧。料峭的寒风,从北京站到亚运村龙王堂那趟漫长的328路公交车,都给我留下深刻的印象。我的老家在北方,如今到了更冷的北方,前途渺茫。

    人们是带着一点恐慌的心情进入2000年的。那一年盛传新世纪到来之前地球会毁灭,内心的理性告诉年轻人这是不可能的事情,但真有不少人是带着惧怕与忐忑来到这个在数字上看上去整整齐齐的年份。转眼过去了三个月,地球照常转动,这多少让那些不安的心灵有所放松。

    我在龙王堂大约住了两年,如今这个村名很有可能从地图上消失了,在2008年之前,它由一个有泥土路、有小河水、有院落的小村庄,变成了高大的水立方、鸟巢所在地。后来有一次经过这里,我的心里发出一声呼号:"我的村子呢?"

    2001年7月13日,我正住在龙王堂村。萨马兰奇在莫斯科宣布北京成为2008年奥运会主办城市之后,无数人涌上街头庆祝,烟花四射,全城轰动,那是北京城最具喜悦与希望的一晚。

    我没加入庆祝的队伍,但在租来的几平方米小屋内也是忍不住激动。2008年8月8日,想想多么遥远,太遥远了。到了那一天,一切都会变好了吧，毕竟奥运会了，城市会更现代化，人们会显得更加快乐、平等与自由，我们等待已久的美好，会真切地被拥入于怀中了吧？

那时车马慢，时间也慢，七年仿佛抵得上现在的二十一年。刚刚迎来的互联网第一轮热潮，也没让时间变得更快一些，在来到北京之后没多久，我从一家杂志社来到了一家网站，战战兢兢地第一次上网。比我年轻几岁的小伙子们，夜晚在办公室加班，睡睡袋，用互联网点外卖，送餐速度慢得要死，"无厘头文化"方兴未艾。工作不到两年，第一轮互联网泡沫破灭，我写了篇《网站两周年祭》之后离开了互联网行业。

来北京当一名北漂，因为两个人。一个是沈从文，1922年，这名从北京前门站走下火车站在月台上的湘西青年，面对眼前看到的古老城市说了一句豪气冲天的话："北京，我是来征服你的。"另一个是古清生，1994年，他辞职到北京从事职业写作。他的故事被印在报纸上，被称为"北漂第一撰稿人"。想和沈从文喝一杯是不可能了，后来我和古清生在通州的八里桥时常把酒言欢。

也不是没豪爽过，记得那时有人问我："最大的梦想是什么？"我的回答是"梦想在长安街边安一张书桌"。这个梦想已经比沈从文的低调多了，但很快还是被我悄悄地从很短的梦想清单中抹掉——那么多人想在长安街边搞一番事业，长安街那得多拥挤啊，哪儿受得了。于是我把那张书桌在北京的东南西北城四处搬来搬去，最后搬到了与北京一河之隔的燕郊。有个书桌可以写字已经不算挺好了，是非常好。

奥运会来得很快。碰巧的是2008年8月8日开幕式这一天，正是我飞往上海第二次投身互联网行业的那天。在网上抢到的两场足球比赛票，我没能用上。时间仿佛就是从那一年开始变快的，中年的人倍速生活，大约在三十五岁上下的时候启动。还是喜欢显得漫长、拥有期待感的年龄,时间一加速,所有美好都打了折扣,对城市的感情,对生活的感受力,对未来的盼望,都损耗了不少,迟钝了许多。

这二十年,是"70后"这群人由青年全部进入中年的时间段。也是有了一连串经历之后,逐渐变得沉默、宽容的一个时间段。2001年12月7日,北京下了一场导致全城交通瘫痪的大雪,这是这座城市以前从未经历过的气候考验,开出租的贾师傅感叹:"这一辈子,从没见过北京城堵成这样!"

那天晚上我七点下班,从南三环的成寿寺,步行走到位于北四环外的龙王堂,到家的时候已经是清晨三四点钟。这一路上据说发生了很多故事,后来一些天的报纸上都在报道这些故事。我只记得,整个三环堵成了停车场,弃车而去到路边餐馆吃饭的人们,在环路上打雪仗的乘客,仿佛没有因为回不了家而不开心,霓虹灯与车灯彻夜交织闪烁,他们的脸上,还没有现在人脸上可以常见的浮躁,甚至还有不少感到快乐与幸运的表情。

2003年的春夏季节,北京被笼罩在"非典"的阴云下。在微博、朋友圈改变人们的社交方式之前,"非典"使城市人社交方式发生巨大改变。"非典"之前我的家在周末的时候是一场流水席,城里城外的朋友来了,永远是一锅热腾腾的涮锅,里面放着羊肉、鱼肉,肉没了就只涮菜。而"非典"之后,朋友之间的联系骤然松散了,有些朋友一别就是十多年未见。"非典"所带来的创伤,不止在于疾病的传播,它也竖立了一堵无形的墙,考验着友情与真诚。

2008年汶川地震,2012年北京大雨……这些记忆倔强地留存在脑海里,成为"2010年代"留下的沉重遗产。个人经历所创造的生命体验,以及公共事件带来的巨大冲击,究竟哪一种给人的内心留下的印痕更深?我觉得是后者。或是因为经历的事情太多,抑或是因为记忆力下降，自己的人生变化无论大小，都在时间面前变成了鸡毛蒜皮。而回忆往事的时候，已经记不清确切的年份与日月，反而会不由自主地以那些大事件为时间标签，仿佛有了这些时间标签，人的变化与成长也会显得更具体、更真实起来。

这二十年在我看来，很难用波澜壮阔来形容，同年龄段的人，更多会把二十世纪八十年代、九十年代当成意气风发的时代，当然这并不意味着别的年龄段的人会赞同。前几天，许知远、冯小刚都走进了女主播薇娅的直播间，一位卖挂历、一位卖电影票。再早一点，网络短视频主播李子柒成为年度最受关注文化人物之一，她在海外拥有700余万粉丝，被认为是承担了"文化输出"的重任。更早一些的今年夏天，"每当浪潮来临的时候，你会不会也伤心？"这么唱着的新裤子乐队"翻红"……这是属于他们的波澜壮阔的时代。

一定是发生了什么是我或者我们不知晓的。过去的记忆与旧的经验形成了一个茧房，但却并没有带来压迫与束缚感，反而有一种安全感——这是一名中年人对"2010年代"的最大体悟。这也决定了，在进入2020年的前夜，有人会激动得泪流满面，有人会带着清零的心态以全新的面孔冲入全新的时间河流，自然也有人无动于衷地睡去，在第二天的阳光中波澜不惊地醒来。

要像爱祖国那样爱自己
——写给武汉大学生的信

年轻的朋友们：

你们好！

许久不写信，再次写信没想到会是写给一百三十多万武汉大学生。我喜欢这个交流形式，因为和你们差不多大的年龄时，一天当中要有两三个小时的时间在给天南地北、没见过面的朋友写信。

对于二十世纪九十年代生活在小城的年轻人来说，给陌生人写信，是一种"呼救"方式，是对外发出一种信号，是"我在这里"的一种表达。一方面，这样的"呼救"可以让自己不沉溺于苦闷的生活，另一方面，来自远方的回应，也证实着一个人并不是孤独地活着。

不知道现在正在大学以及将要离开大学的你，是否体会过那种"孤独感"，觉得自己不被理解，认为前途无望，发现人生真相不过如此，有时候会被冰冷的绝望包围？

我体会过这种感觉，但这未尝不是好事，这是你的灵魂在左右突奔，想要找一个出口与安放之地。你会尝试用一切你觉得有意义的事来填补那"孤独感"制造的空洞，然后在以后的某一个时刻，突然感觉到平静与安宁，那是一个很幸福的时刻，希望你有机会体验到。

其实我很不愿意使用"幸福"这个词，因为它的含义正在逐渐变得不那么确切。它与"理想""浪漫""情怀"等词语，一起变得含糊起来，我也不知道是什么让这些曾经清晰、闪亮的词语被磨损、被损耗,失去了动人的光泽,我们不妨一起想想。

但我期望你能够尝试找到一种办法重新擦亮它们,无论结果如何,相信我,擦亮它们的过程,会给你的内心带来充实,这种充实也会洋溢在你的脸上,让你变得自信而坚定。

对"幸福"的感受力在变钝,但对"敏感"与"焦虑",却是那么很容易地左右我们的心情——这也是时代症候吧。其实是有办法把它变成能量的,敏感的时候多去观察与感受,体会万物与自己的联系,把自身放置于自然当中,与自然建立一种平等的关系。

焦虑的时候可以去创造与奋斗,主动地去磨砺、丰富自己。与焦虑"搏斗"的过程是容易产生成果的,前提是你得能看到自己的焦虑来源,用思想的"手术刀"去冷静地解剖它。

一直到现在,我都是在用这个方式来应对"敏感"与"焦虑",这不会让一个人脆弱,而只会让一个人丰富。

要有一种自在的生活态度。我承认自己到现在也没找到真正的自在,但我把自己放逐在一直寻找自在的路上。关于自在,我是这么理解的:当那些困扰你的人或事情,能够很快被你用轻松的方式化解,你就站在了自在的高峰。其实当你凡事都有一种准备好去解决它的态度时,你就已经站在自在的边缘了。

要爱自己。我以自己四十多年的人生经验来保证,人生多半的痛苦产生于对自己的怀疑与轻视。当你开始询问自己、重视自己、关怀自己的时候,就会慢慢觉察到,你已经可以去爱别人、爱世界。

所以,要像爱祖国那样爱自己,要"政治正确"地爱自己,要安顿好自己的一切,让你身边的气流也能有条不紊地变成让你愉悦的微风,你会由衷地因为体会到这个世界对你的厚爱而产生感激。

要正视困难。哪一代人活得都不容易,对兄辈、父辈、祖辈了解得越多，就越会觉得，他们曾承受的苦难我们很难再去承受一次。当然现在的条件不可同日而语，现在的年轻人有理由在一个友好的、公平的环境中去竞争，可以不理会那些苦口婆心的"苦难教育"，但要有"乐观主义精神"，要相信历史车轮滚滚向前，要相信人文与科技会让世界变得更好。偶尔的抱怨与担忧，也是有必要的，因为很多时候，这可以解释为"危机意识"。

2020年的前小半年是个困难的时间段，不要产生"2020要是能重新来过该有多好"这个想法。已过去的、已发生的事情是无法改变与修补的，但好在我们有足够的时间去思考与改善。要乐观啊，哪怕在悲观的时候，要相信世界，相信未来，相信会有进步的、好玩的事情不断发生。

这一切没有想象的那么糟。

祝一切都好！

你们的朋友韩浩月

2020年4月28日

只有流行，没有文化

一场疫情开启了二十一世纪二十年代，这是进入新世纪后，人类心头普遍蒙上的一层阴影。对比过往，仍然可以说，这一切没有想象的那么糟，当然也没想象的那么好。

跨进二十一世纪的门槛之后，时间开始加速，科技让一切变快，生活依旧俗常，精神生活空间比过去显得逼仄。人们貌似有了多元的选择，但生活方式和思维模式却又显得如此单一。一定是发生了一些什么，在悄然改写一切。

消失的知识分子

照亮黑暗的人，点燃公共空间火焰的人，眼睛要像探照灯那样照亮民族未来的人……这些关于知识分子的定义，让大众对这一群体曾经寄予厚望。可是在进入新世纪之后，人们惊讶地发现，知识分子的消失，是伴随着年份的推进而身影逐渐模糊的。从城市到乡村，到处都在变成不夜之地，那些使用于知识分子身上与"灯火"有关的比喻，显得过时了。

只有当公众发现思想的消失并感到恐慌的时候，才会想到知识分子的重要性，然而人们不再有这种恐慌。在二十世纪整个下半叶，许多人对知识分子充满崇拜，意识到社会离不开知识分子，在思想界,在文学、音乐、电影等领域,知识分子也在努力回应着来自一个庞大群体的思想需求。而进入新世纪之后,公众对于知识分子的消失无动于衷,觉得百无一用,有人甚至对此欢呼雀跃。诗人北岛在豆瓣的主页留言区被攻击性言语占领之后,他写下一句话,"我从此关闭诗与诗的评论区",这句话可以呼应他的名句——"黑夜给了我黑色的眼睛,我却用它寻找光明。"

"我知道我戴着纸枷锁,但是我没办法。"2008年陈凯歌拍摄的《梅兰芳》公映后,面对媒体他说了这样一句话,把自己比作梅兰芳:"梅兰芳的一生,从本质上讲是一个被绑架的人生——被社会公众、媒体、梅党共同绑架的一个人质,你看跟现在的我有多像?"陈凯歌的这句"你看跟现在我的有多像?"和他的"没办法",也在成为众多文化人面对瞬息万变时代的共同态度。

如果说人们"绑架"陈凯歌是因为对他仍有期望,那么一年后阎崇年在签售时被掌掴,可以视为知识分子遭遇暴力对待的一个标志性事件。十多年过去了,现场观众那声"打得好!"至今犹在耳边,这三个字在接下来的一段时间,也被异化成五花八门的暴力语言,从各个平台、各个渠道对知识分子进行驱逐。知识分子擅长批评但却不擅对抗,要么被动离开要么主动放弃,因为在很多人看来,知识分子过多地参与社会问题的讨论,会引来"灾难"。

"如果知识分子热切的'责任感'曾经助长了如此之多的社会问题甚至灾难,是否意味着他们就应该停止对社会事务发言,回归专业性的书斋,对风起云涌的时代保持缄默呢?"刘瑜在她的文章里这样写道。知识分子已经回不到专业性的书斋里去了,但保持缄默,成为越来越多人的选择,当有人希望从知识分子那里获得一些对"社会问题与灾难"的看法时,发现没人在场。

知识分子还有责任感吗？有人开始对此进行反思，许倬云说："知识已成为商品，也已成为权力的来源，掌握知识的人操纵市场。"他还认为，"今日世界，只有专家没有知识分子。"

从知识分子变成专家的过程里，知识分子还有一个短暂的身份是"明星"。"给我三尺讲台，我能搅动中国"，学者的明星化改变了公众对学者的印象，首播于2001年的《百家讲坛》，是学者明星化的开端，当时的"四大学术明星"被当成香港"四大天王"来看待，余秋雨好比八面玲珑、四处出击的刘德华，刘心武酷似老当益壮、唱功深厚的张学友，张颐武单凭一句被人曲解的"孔子不如章子怡"风头大盛，与当年靠一首广告歌红遍两岸三地的郭富城有一拼，后来居上的易中天就是最具偶像特征、内敛中透着个性的黎明了……

学者像娱乐明星一样出入电视台，当娱乐节目点评嘉宾，排队等候签名售书的读者绵延数百米，知识分子在那几年得到的"厚待"，像是一次"回光返照"。这样的辉煌，是否透支了公众对知识分子的消费热情，是否介入了知识分子群体的心路历程，答案不得而知。

博客时代是知识分子在互联网上体现启蒙价值的时代，自由的书写方式解放了一贯严谨的表达范式。但当博客平台一夜之间被社交媒体取代之后，知识分子在社交平台迅速"溃败"，140字的写作，人人想要分享的迫切，使得知识分子比任何一个时代被边缘化得都快。对于知识分子的批评也到达一个顶峰，有人断言："哪里有什么独立知识分子？"

陈思和在一场演讲中表示，以前的士大夫是服务于皇家的，当皇家不需要时，"士的精神"也就不存在了，因此他将"中国没有独立知识分子"解读为，从过去到现在一直缺乏培养独立知识分子的土壤。但有一点不可否认的是，知识分子的失宠与沉默，是整个二十一世纪前二十年思想枯燥、娱乐乏味、生活无趣的重要原因之一。

只有流行,没有文化

2019 年一支名字叫新裤子的乐队在《乐队的夏天》中唱出了"没有文化的人不伤心",而这首歌刚被写出来的时候,这个句子是"没有理想的人不伤心"。这仿佛是一句箴言,"伤心"也好"理想"也好,这两个词作为一种高级文化心理现象的描述,的确变得可有可无。由视频与社交媒体、购物 APP 构成的互联网娱乐,可以提供 24 小时不打烊的娱乐,书店与唱片店所承载的人文情怀,逐渐成为旧世纪生活模式的象征。

对于流行文化的传统理解,还被死死地锁定于二十世纪八十年代,一个所谓的文学黄金时代。一部纯文学意义上的长篇小说,可以有几十上百万的销量,而能写出这样小说的作家,有一大批。经典的电影大量诞生,流行音乐有着很强的思想能量,整个文化市场开放而包容,像条澎湃涌动的河流。人们投身其中,觉得自己被抒发、被理解,并由此感到幸福。甚至对于八十年代的美好回忆,也成为一种文化。

这二十年,用以前的标准来看,并没有产生新的明星,没有新的经典电影,没有优秀的长篇小说……这是一个悲催的新世纪。然而新的规则、新的环境在形成,属于新世纪的流行文化,有的还存有旧世纪的痕迹,但更多却是新开拓与新发现的概念。人们想要过一种保守主义的文化生活,发现也是一件很困难的事情,因为最新的流行,已经开始写入现实生活、写入精神世界,悄无声息但又无可阻挡地改变着人们的审美,形成新的消费习惯与精神依赖。

二十一世纪的流行，是伴随着互联网的流行曲线起伏进展的。在文学层面，是动辄上百上千万言的网络小说的流行，在音乐层面，是《老鼠爱大米》等口水歌的流行，在影视层面，是大IP流行……而这一切的发生，是建立在语言表达革命的基础上的，如果说"语言即思想"，那么当下流行文化在思想上的贫瘠，应该追溯到网络语言与网络思维的形成上。

网络语言在最早的互联网上具有颠覆性的使命感，"无厘头文化"作为最早的网络文化，最大的特点就是解构经典、颠覆权威，并形成一个为主流文化所不理解的语言密码。而随着网络的快速普及、网民的海量增加，网络语言开始由网上走进现实生活，网络文化也由非主流文化变成主流文化，追求网感，成为诸多文化产品在被创造出来之前首先要考虑的事情。

网络文化天然带有狂欢特质，从制造芙蓉姐姐、小胖等网络红人，到"你妈喊你回家吃饭""城会玩"等网络流行语，数以亿计的网民在构建一个新的话语体系，在这个体系衍变的过程中，它也被赋予了不同的价值与意义，以往被视为主流的一切，也开始慢慢依附于这个体系所洋溢着的强大表现力。但终于有一天，有人厌烦了汉语被如此要弄，语言变得如此浅薄，面对无孔不入的网络表达，有人喊出了"粗鄙时代"这四个字。网络文化让语言与人都变粗鄙了吗？整个社会几年前开始思考这个问题，对经典的推崇，开始重新回到人群当中，但新的流行文化业已形成，无法更改成为一个铁的现实。

2018年去世了很多文化名人，据不完全统计有四十位之多，金庸、李敖、二月河、单田芳等都在名单当中，这些去世名人无论中外，都是对流行文化产生过强大影响的人物。在这一年"一个时代谢幕了"这句话显得不再矫情、如此真切。伴随这些"流行文化大师"的谢幕,他们的读者、粉丝们也到了与自己最好年龄告别的时候。2018确实像一道坎,跨过来之后,属于流行文化的黄金时代只剩下一个日渐遥远而落寞的背影。

追星作为流行文化的一个表征,也发生了巨大的变异。过去的追星行为,多停留于买画片、买磁带、看电影、写信,而现在的追星,则是举牌、接机、参加握手会,流行于日韩的应援文化被完整地复制过来甚至"发扬光大",而由"饭圈文化"所衍生的"私生饭现象",不仅让明星感到头疼,也让旁观者感到不解。如果了解一些商业片选择流量演员的标准,以及视频平台的购剧原则,便会知道"应援文化""饭圈文化"俨然已成当下流行文化的核心驱动,成为娱乐产业的基本运转逻辑。

这二十年流行文化的最大变化,是制造方的转移。如果说制造流行文化是一种"权力",那么这个"权力"已经从以前的作家、音乐人、导演等一个个可以找到名字的人物,转移到了网民群体,也就是说,公众掌握了确定什么才可以流行的"权力",而如果不听从公众的意见,就不会有流行的可能性,创作上的独立与个性,对平庸的批判,由此丧失,只有流行没有文化,成为一个人们不得不接受的现实。

人与社会时代之间缺乏文化粘连

曾经的"人与社会"的联系,经过二十年这段不短不长时间的改写,已经变成了"人与互联网"的联系。"人与社会"的联系制造出人情社会,有负累也有美好;而"人与互联网"的联系,正在剥离文化的作用,使得一个个具体的人变成一个个无需他人关怀的独立符号。

没有互联网,会让人群之间产生鸿沟;而发达的互联网,会让人群拥有文化层面更大的鸿沟，哪怕是属于同一个群体，因为站位的不同，也会产生错位的对话关系。比如 2017 年许知远对马东的访谈，本以为马东会与自己站在同一文化立场上的许知远，并没意识到尚年长他几岁的马东，已经站在了对立面，用商业逻辑见招拆招，将许知远的文化关怀晾晒在一个尴尬的空间，从此之后许知远的尴尬一直体现于他的节目中，"尴尬"于是也成为知识分子与商业娱乐正面碰撞后最为普遍的表情。

许知远还是一位对时代体察比较敏感的人，但从他与马东的对话，到在薇娅直播间发出的喟叹，都证明了一点，在马东们已经进入到互联网时代商业文化核心位置的时候，很多人还处在懵懂的旁观状态。如果仔细观察新世纪流行文化的表象，会发现它的波澜起伏背后，总是隐藏着一双无形的大手，这只大手便是资本的力量。

资本在取代文化的力量重塑人与人之间的关系，但使用的仍然是文化的手段。当资本了解到传统的渠道与平台提供、产品推销思维，已不足以制造一个商业帝国的时候，从文化入手，"侵略"人的精神，并将其转化为永不疲倦的购买力，成为资本热衷做的一件事情。

微博在一个关键节点上挽回衰败趋势稳固自己社交媒体主流平台的位置，在于启用了会员制、机器算法，以及具有指导性的热搜等服务；微信在短短不到一年的时间里成为全民应用，其在设计开发过程中对于人性细微之处的揣摩到了令人叹为观止的地步。微博作为公共舆论场，微信作为日常情感沟通工具，两者都实现了庞大的商业诉求。而一旦它们的商业诉求未经遮掩、显露峥嵘的时候，总会给用户带来不同程度的恐惧。但恐惧也没有办法，商业平台作为生活必需品已经与生活、社交、娱乐等等进行了捆绑，离开它们无异于离开自己的手脚。

当下最受网民欢迎的人物,处在风头最顶端的,不再是政治人物、文化人物甚至娱乐明星,而是马云、马化腾、马克·扎克伯格、埃隆·马斯克,还有已经去世的乔布斯等。尤其是被称为"钢铁侠"的马斯克,他的特斯拉汽车、卫星互联网、登陆火星计划、脑机接口(BMI)等,既真实又疯狂。这些中外商业人物,不但为人们提供着当下的便利,也负责为人们不停制造着对未来的幻想。越来越多的人认为,对于人文世界的认知已经到达一个顶点,而商业人物将会在未来扮演上帝的角色,只是与上帝不同的是,他们还会像满足孩童那样,去满足人们对世俗享乐生活的需求。

《未来简史》的作者尤瓦尔·赫拉利认为,二十一世纪,饥饿、战争、瘟疫等困扰人类的难题都会被攻克,而对外星新领地的开拓、对长生不老的追求、感官享乐的升级等,将成为人类新的追求。而这些追求从目前看,只有商业巨头最有条件实现它。现在已经拥有掌控人经济行为和思想权力的商业文化,似乎已经意识到了自身的强大,无论在通过用户获利方面、操纵数据实现利益诉求方面,还是对用户隐私的侵犯方面,都已经表现出了"舍我其谁"式的霸道,而来自用户的反抗,在更多时候显得无能为力。

从每一个细分的领域去看,都能看到商业力量的驱使与操纵,商人变成了最好的心理学家、哲学家、知识分子,商业力量主导着流行文化的起源、发展与走向。以往复杂、多元、细密的文化精神线索,如今都汇入同一条浩浩荡荡的河流。

人与社会、时代失去了文化粘连也就失去了信心与力量,消极与颓废成为一种集体情绪,哪怕从一个最小的切入口来强调合作(比如婚姻)、团体(比如家庭)、信任(情感关系)的重要性,都会激起厌恶与对抗,而这往往只需要一桩"杀妻案"就能实现。互联网放大了人的恐惧,向上的精神力量逐渐匮乏,"网民"亟需一个做回"人民"的转变。

人是群体动物。可以欣赏一个人在孤独星球惬意生活的科幻片,但回到现实,人与人之间还是需要通过更多面对面的形式来进行情感与心灵的交流,而作为"工具",高质量的文化产品不可或缺。而在这二十年里,我们逐渐丢失了文化工具,也渐渐没了文化理想与追求,这是比病毒风险还要大的事情。

或会有人说,全世界都是如此。如此说,便是全世界的悲剧。

走进蔚蓝的 2021

　　把每年的最后一天当作告别，把新年第一天当成崭新的开始，在新旧交错的那一刻许下愿望：祝福人类，祈祷世界平安……这样具有仪式感的心态，恐怕今年岁尾会在人们心头淡化许多。新冠病毒变异，多国停飞英国，伦敦进入第四轮封城……这不是进入后疫情时代后的景象，而是疫情正肆虐的当下进行时。

　　人类感知危险的能力，并没有因信息传递的发达而提升，十四世纪"黑死病"爆发时，整个欧洲对它闻风丧胆。恐惧的产生，多是因为不明真相，感觉前路漫如长夜。而这次，人类使用对付流行病的经验，很快确定了病毒的属性，很快投入研发疫苗，这造成了"新冠较为容易被打败"的假象。"新冠不过是另一种有点不一样的感冒"——对病毒的轻视，不知道是自信还是麻木，抑或是古老的"物竞天择"心理导致的听天由命。

　　如此大范围爆发的病毒，事实上已经摧毁或正在摧毁一些东西，比如个体生命价值的重要性，就开始变得摇摆。在过去的几十年间，尊重每一种牺牲，为每一个活着的人去战斗，这种价值观通行全世界，曾鼓舞起无数人的勇气与担当。

　　这种勇气，通过《拯救大兵瑞恩》这样的电影传递出来，其核心价值成为同类故事最重要的创作动机。这种担当，通过"小男孩救沙滩上的小鱼，能救活一条就多救一条"这类鸡汤故事散发出来，但总是给人以一定的暖意与鼓励。

集体由个体组成，对生命个体哪怕一点点的忽视，也是对集体利益的蔑视。但这个世界，因为疫情的缘故，已经有170多万人去世，每天都还有不少人的生命被病毒夺走，这不禁让人开始怀疑，对比政治、经济、社会秩序等宏大概念，个体生命的重要性，真的像被写进书里、拍进影像中所讲述的那样吗？

"只有外星人入侵，各个国家才会联合起来"，这个假设曾让一些星战爱好者浮想联翩，仿佛只有如此，才会让全人类团结在一起，突破宇宙"黑暗森林"法则，继续占领文明的高处。两极冰川融化释放了古老的新冠病毒这一说法，与"外星人入侵"有一致性，病毒是不带枪的猎人，在围猎着人类。

在新冠病毒面前，我们看见了沟通，看到了合作，但目睹更多的，却是分裂的产生——彼此的指责，阴谋论盛行，国家层面的敌对，不同文化背景下人群的互相攻讦……对于人类前途的理想主义想象，似乎正在一天天地展现出悲剧的原形。

战争、大屠杀、地震、海啸、饥饿、流行病……对比人类曾经经受过的苦难，新冠病毒并不是最令人难以面对的。疫情像一面镜子，照出了人内心深处的傲慢。这傲慢的形成，是缓慢但却坚固的，人类以无坚不摧的科技发明，在巩固自身处在食物链顶端位置的同时，也逐渐失去了与大自然交流的能力。

病毒的蔓延与以往不同类型灾难的出现，说明了一个共通的道理——人内心的狭隘与愚昧，才是文明进程的最大阻碍。人类貌似可以创造并拥有一切，但一场疫情下来，却败得灰头土脸。

但是好在，疫情并没有降低人们对他人痛苦的感同身受。对于他人痛苦的共情，使得善良之人倾听他人的愿望没有丝毫消减：一个求助者无助的嘶喊,可以通过互联网的放大,被几千万人听到;一张揭开口罩后布满勒痕的笑脸,仍然能够感动得人热泪盈眶;一只被困于家中的宠物,也能听到救助者打开门锁时的动听声音……

人们并没有因为疫情而放弃对艺术以及美好生活的追求。他们在孤独的夜晚通过唱歌的声音彼此慰藉;打开家中的窗户用家里的乐器合奏一曲经典音乐互相打气;在城市解封的时刻跑出家门喊出可以自由生活的喜悦;在影院重开时再次坐回黑暗的影厅中去体会银幕上的不同人生……

人们仍然热爱食物,醉心于美酒,渴望无忧的睡眠,欣赏优秀的作品。人们仍然相信付出总有回报,尊崇付出不求回报。人们仍然相信爱,虽然"爱"这个字眼儿,每天都在被分解、被审视、被怀疑,但这个字毫无疑问,是人类文明得以延续的秘密之一。

2020 年的人心,肯定有所改变。每个人对这个世界的看法,对人类未来的想法,还有对理想社会形态的认识,多少都会受到疫情的冲击。但我觉得,小变化会无处不在,但巨变的发生,不过是人们的危机心态被激发后,做出夸张的反应。

哪怕面对"百年变局+世纪疫情"这个二合一的大命题,作为个体的人,考虑到的仍然是一日三餐,上学放学,加班休假……疫情刚放缓的时候,电梯间已经不再消毒,公筷在桌上成了摆设,口罩也只是在人多的场合戴一下。疫情连这些方面都没彻底改变,何况其他。

相信经济会回暖,各国封闭的渠道会打开,相信人们会埋头工作把一年的损失弥补回来;相信传统的力量,相信生活的惯性不可抗拒,相信走散的人,仍然会重新聚集,一起抵御"病毒"这个外敌,熬过危机。

我相信玛雅预言不过是一个警告,爱因斯坦、霍金有关地球毁灭（分别是 2060 年与 2032 年）的说法是个玩笑，终极的目的是为了提醒人们，不要掉以轻心，要团结友爱，要善待自己生活的土地与星球。

这样的相信，或许会显得很浅薄。但愿望不分大小，都是厚重的。一个孩子的愿望与一个国家的愿望，两者在本质上没有太大的区别。有了愿望，才会有行动，一场疫情不会让这颗星球的颜色发生变化，我们站在大地上，知道它是蔚蓝，在太空中遥望，它依然是蔚蓝。

让我们带着这蔚蓝色的希望，进入 2021。

我是我的旁观者（后记）

编完这本书的所有稿子，忽然意识到，这是继《错认他乡》《世间的陀螺》之后，第三本故乡主题的书，不知道可不可以称之为我个人的"故乡三部曲"。

想来也挺有意思，《错认他乡》是写一名出走者的迷惘，《世间的陀螺》是写一名回归者的清醒，那《我要从所有天空夺回你》则可以算是带有点浪漫主义色彩的坚定了。命运兜兜转转，人生层层叠叠，最让人喜欢的，还是山一般的忠诚、海一样的宁静。

不是没有苦恼。只是这些苦恼多来自记忆的重复与紊乱，还有自己表达上的笨拙与贫乏。关于个人、关于故乡，还能怎么去写？还能写到哪儿呢？每每意识到自己的文章被拴固在某一个点上无法挣脱的时候，我知道，那其实是我自己没有挣脱。

但这不算什么，因为与那一丁点儿的苦恼相比，我所拥有的自由，以及自由带来的喜悦，如天空里被风鼓胀起来的翅膀。有一段时间我迫不及待地与所有人分享这种自由感，与熟悉的朋友，与书店里的读者，与线上的网友。我不确定他们是否捕捉到了我对于"自由"的定义，但我不管，只要是我所拥有的，都愿意把它分享出来。

我没有沉浸在自己的故事里。因为我知道我所拥有最多的，不是故事，而是其他。本质上我是个乏味的人，也不擅长讲故事，但总还算真诚。但每一次真诚完毕之后，也能知道这一次、这一场结束了,会回到一个放松的状态——不能总是坠在真诚里,那样也会很累的。

我是我的旁观者。在起身离席之后,与朋友饮酒,看窗外霓虹,玩手机发呆,不去看刚才的那个自己——那个人还坐在原地,低头思索,不肯离去。我不看他,也不想走过去拍拍他的肩膀或者与他坐在一起,我等他走过来,和我合为一体,呼朋引伴,开心地醉在人间。

重新阅读这本书里的文字,心头总会萦绕着一个问题:我那过长的青春期结束了吗? 如果没有,原因是什么? 如果结束了,我会得到什么、失去什么? 哪怕变成了一个冷静、理性的人,我的思考模式里总还是带着过去年代的痕迹。我的情感表达总还是有着过往的羁绊,我已不是我,我还是我,这样的循环,不再是困扰,反而有了些"甜蜜"。

所以,《我要从所有天空夺回你》也算是一本"甜蜜之书"吧。如果你已中年,自然会知道这"甜蜜"非它的词语定义,其中的诸多味道与属性,甚至是与它词面上的意思是截然相反的。感谢你的阅读,希望读完之后把它放在一边,不再去想它写了什么,就像对待一个酒后熟睡的朋友那样,拍拍他的肩膀,然后转身离开。